CB060275

A FESTA
AO AR LIVRE
E OUTRAS HISTÓRIAS

BIBLIOTECA ÁUREA

A FESTA AO AR LIVRE
E OUTRAS HISTÓRIAS

KATHERINE MANSFIELD

2ª EDIÇÃO
TRADUÇÃO E INTRODUÇÃO DE LUIZA LOBO

▲

EDITORA
NOVA
FRONTEIRA

Título original: *The Garden Party and Other Stories*

Direitos de edição da obra em língua portuguesa no Brasil adquiridos pela EDITORA NOVA FRONTEIRA PARTICIPAÇÕES S.A. Todos os direitos reservados. Nenhuma parte desta obra pode ser apropriada e estocada em sistema de banco de dados ou processo similar, em qualquer forma ou meio, seja eletrônico, de fotocópia, gravação etc., sem a permissão do detentor do copirraite.

EDITORA NOVA FRONTEIRA PARTICIPAÇÕES S.A.
Rua Candelária, 60 — 7º andar — Centro — 20091-020
Rio de Janeiro — RJ — Brasil
Tel.: (21) 3882-8200

Imagem de capa: *La Baie (Saint-Tropez)*, Paul Signac (1863-1935)

Dados Internacionais de Catalogação na Publicação
(CIP) (Câmara Brasileira do Livro, SP, Brasil)

Mansfield, Katherine
    A festa ao ar livre e outras histórias / Katherine Mansfield; tradução Luiza Lobo. – 2. ed. – Rio de Janeiro: Nova Fronteira, 2020. – (Biblioteca Áurea).
208 p.

ISBN 9786556401218

    1. Contos neozelandeses I. Título II. Série.

20-48172   CDD-NZ823

Índices para catálogo sistemático:
1. Contos : Literatura neozelandesa NZ823
Aline Graziele Benitez -
Bibliotecária - CRB-1/3129

Para John Middleton Murry

Sumário

Introdução 9
Na baía 13
A festa ao ar livre 56
As filhas do falecido coronel 75
O sr. e a sra. Pombo 100
A jovem 111
A vida de Mãe Parker 119
Casamento *à la mode* 127
A viagem 141
A srta. Brill 151
O primeiro baile dela 157
A aula de canto 165
O estranho 172
Feriado bancário 187
Uma família ideal 191
A empregada de madame 199

Introdução

Katherine Mansfield é o pseudônimo de Kathleen Mansfield Beauchamp (1888-1923), nascida em Wellington, Nova Zelândia, e falecida em Fontainebleau, França. A autora passou os últimos cinco anos de vida tentando a cura para uma tuberculose, através de viagens pela Suíça, Itália e sul da França, onde acaba morrendo, aos 34 anos. Tendo vivido pouco, publicou apenas três livros de contos em vida: *Numa pensão alemã* (*In a German pension*, 1911), *Felicidade* (*Bliss*, 1920) e *A festa ao ar livre* (*The garden party*, 1922). O primeiro destes, escrito sob a impressão da viagem da autora à Alemanha, obteve sucesso imediato, atingindo três edições. A coletânea *Felicidade* lhe assegurou a fama, e o conto que deu título a ela, "Felicidade", foi sempre um dos mais traduzidos e citados da autora. Seu terceiro livro, *A festa ao ar livre*, reassegurou o seu êxito, colocando-a entre os principais contistas ingleses de todos os tempos, na opinião de muitos críticos. Destes contos, "As filhas do falecido coronel", "O Estranho" e "A Viagem" já são clássicos, tendo atingido inúmeras publicações, quer no original, quer em tradução.

A partir de 1912, Katherine Mansfield passou a publicar na revista *Rhythm*, já tendo participado da revista *The New Age*. Também publicou na revista do marido, *The Adelphi*. Com "Prelúdio" ("Prelude", escrito em 1916, publicado em 1921), ela abandona o estilo experimental que caracterizara o início de sua carreira e firma sua própria linguagem, em "A casa de bonecas" ("The doll's house", 1922), título homônimo ao da peça do dramaturgo norueguês Henrik Ibsen (1828-1906), "Prelúdio e outras histórias" ("Prelude and other stories", 1921) e "Na baía" ("At the bay", 1922) — este reunido na presente coletânea, *A festa ao ar livre e outras histórias*. Como Virginia Woolf, Mansfield também publicou muitas resenhas. *Romances e romancistas* (*Novels and novelists*, 1930) reúne suas resenhas para a revista *Athenaeum*.

Houve outras obras póstumas, como, por exemplo, em 1923, uma coletânea de seus *Poemas* (*Poems*). *O ninho da pomba e outras histórias* (*The dove's nest and other stories*, 1923), contendo contos incompletos em vida pela autora, foi publicada pelo seu segundo marido, o escritor, crítico e editor John Middleton Murry. No ano seguinte, sai *Alguma coisa infantil* (*Something childish*, 1924), que constitui apenas uma republicação dos contos de *Numa pensão alemã*. Em 1939, é a vez de *O livro de esboços de K.M.* (*The scrapbook of K.M.*).

No seu testamento, de 14 de agosto de 1922, Katherine Mansfield determina que todos os seus cadernos de manuscritos e suas cartas fossem na medida do possível queimados e só um mínimo publicado pelo marido. Ela foi desobedecida. Não só isso, como, também, Murry praticamente forjou um volume de *Diário* (*Journal,* 1927, 2. ed. 1951, ed. revista 1954), como nos mostra seu biógrafo Ian A. Gordon. Na verdade, foi o próprio Murry quem criou esse diário, a partir de fragmentos, comentários, manuscritos e folhas esparsas contendo projetos literários incompletos, juntando-os numa ordem aleatória a um pequeno diário escrito com irregularidade. Ao ter acesso à Biblioteca Alexander Turnbull, de Wellington, que adquiriu os manuscritos de Mansfield após a morte de Murry, em 1957, Gordon afirma que se sentiu dividido entre a admiração por este trabalho de remontagem do marido e editor e a perplexidade diante da publicação de uma obra que só muito indiretamente pode ser atribuída a Mansfield, e pode, no mínimo, ser considerada como uma criação a quatro mãos. No volume de *Cartas* (*Letters*, 1928, ed. revista 1951), que lhe foram dirigidas pela esposa, Murry apôs anotações.

C. K. Stead chama a atenção para o fato de que, estilisticamente, há duas Katherine Mansfield: a primeira, na sua opinião, é a mais inventiva, com seu estilo rápido, humorístico, crítico, mas leve. As imagens literárias, dotadas de espírito, refletiriam a personalidade de Mansfield na vida real, que fazia as pessoas rirem a sua volta, ao lhes relatar engraçadas histórias. A segunda proveio da doença e talvez nunca tivesse ocorrido, se houvesse então antibióticos, afirma Stead. Deveu-se ao sofrimento e o temor da aproximação da morte, quando Mansfield evitava infligir aos outros, através da crítica satírica, a dor que ela própria sentia. A crítica e o público, no entanto, admiraram este sentimentalismo de imagens, que talvez tenha sido responsável pela maior notoriedade da escritora.

Outro fator para esta mudança estilística foi a morte do irmão da autora, na guerra. Recém-chegado da Nova Zelândia, ele havia passado algum tempo visitando a irmã em Londres, e sua morte constituiu um profundo golpe para ela. Induzida por este fato, Mansfield decidiu escrever contos regionalistas transcorridos em sua terra natal, a Nova Zelândia, e ligados a suas lembranças junto ao irmão e à família, numa espécie de homenagem e, ao mesmo tempo, em despedida. Tais contos têm uma tonalidade bem mais sentimental que os escritos pela primeira Katherine, que era mais aguda, crítica, contundente.

Qualquer que tenha sido a causa dessa mistura das vozes, lírico-séria e jocosa-humorística, alguns sobretons podem ser implicitamente localizados nos autores que, sem dúvida, serviram de pano de fundo para a criação da narrativa da escritora: Dickens e Tchekhov. Eles primavam pela abordagem realista, mas sentimental, do cotidiano, através de imagens vivas, vistas pelo ângulo da crítica humorística. Mansfield se destaca, particularmente, por emprestar estas qualidades a personagens femininas, antes abordadas apenas indiretamente, pelo olhar masculino, numa visão exterior.

Em *A festa ao ar livre*, podemos apreciar em que medida Mansfield foi uma pioneira da técnica da epifania — os pequenos *insights* psicológicos que passaram a caracterizar a escrita modernista, principalmente feminina, centrada nas revelações do dia a dia para um eu imerso no fluxo da consciência. Contemporânea de Virginia Woolf, torna-se claro por que esta última, no seu *Diário*, passa a desprezar a autora seis anos mais jovem, revelando verdadeiro ciúme. Há em Mansfield um domínio certeiro do diálogo e um controle sutil do cotidiano, visto com realismo, mas onde uma palavra, uma imagem, uma metáfora, uma lembrança, sempre bem colocadas, abrem um abismo de ambiguidades e insinuações, despertando no leitor um mundo de questionamentos, devaneios e incertezas. Acima de tudo, Mansfield empresta a sua prosa emoções. Woolf, como os outros modernistas de língua inglesa que usaram a epifania e o fluxo da consciência, é muito mais contida, como Joyce, Eliot (na poesia), Gertrude Stein, Faulkner. Mas Mansfield é, sem dúvida, uma modernista de primeira hora.

Cada história sua é feita de pequenos episódios destinados a valorizar com delicada sutileza a vida secreta das personagens. Nos seus retratos femininos das personagens, vê-se uma feminista *avant la lettre*, mostrando a insidiosa e silenciosa revolta da mulher com um estado de coisas que não podia ainda transformar, mas que já pressentia como profundamente distorcida — como nos contos "O primeiro baile dela" ou "O estranho".

Mas talvez seja em "A aula de canto" que a maestria da autora seja mais sensível e se torne mais perceptível ao leitor: o uso da epifania, o *insight* na interioridade da mulher associa-se às notas musicais da letra de um poema cujos versos são escandidos e dissecados, e se entretecem, ora em escala descendente, com os pensamentos sufocados de abandono e decepção da professora balzaquiana, abandonada pelo noivo, numa carta tão absurda quanto engraçada, ora em escala ascendente, quando um telegrama a faz retornar a seus devaneios casadoiros. O ambiente não poderia ser mais típico das primeiras décadas do século: um internato de jovens tímidas e comportadas, cujo decoro é rompido apenas pela nota dissonante de halteres que despencam na escada.

Mansfield talvez não tenha alcançado a notoriedade de Virginia Woolf, de quem foi não muito reconhecida inspiradora — mas foi ela quem forneceu a base dos recursos epifânicos de um estilo de profundas revelações ligadas aos "momentos do ser" que serviram de técnica iluminadora das personagens femininas desenvolvidas na obra de Woolf e, no Brasil, na de Clarice Lispector.

Luiza Lobo

Na baía

I

Muito cedo pela manhã. O sol ainda não se levantara, e toda a baía do Crescente se escondia sob a branca névoa marinha. Os altos morros recobertos de arbustos, ao fundo, estavam esfumaçados. Não se podia distinguir onde terminavam e onde começavam os pastos e os bangalôs. A estrada de terra terminara, assim como os pastos e bangalôs do outro lado: já não havia dunas brancas cobertas de grama avermelhada para além delas; nada distinguia a praia do mar. Caíra uma garoa pesada. A grama estava azul. Grandes gotas se dependuravam dos arbustos, prontas para cair; o *toi-toi* macio e prateado oscilava no seu longo caule, e todos os malmequeres e cravos nos jardins do bangalô se curvavam para a terra, com o peso da umidade. As fúcsias frias estavam encharcadas, e tinham pérolas redondas de orvalho as folhas chatas do nastúrcio. Era como se o mar batesse suavemente na escuridão, como se uma imensa onda chegasse encrespando-se, encrespando-se... até onde? Talvez, se você tivesse acordado no meio da noite, teria visto um grande peixe chicoteando à janela, depois tornando a desaparecer...

Aaah! — ressoava o mar sonolento. E do arbusto vinha o som de pequenos regatos correndo, rápida e levemente, escorrendo por entre as pedras lisas, jorrando entre vertentes cobertas de samambaias e saindo novamente; e grandes gotas espirravam sobre as folhas largas, mas havia mais — o que seria? — uma leve sacudidela e tremor, o rebater de um graveto e depois um silêncio tal que parecia que alguém estava ouvindo.

Fazendo a curva na baía do Crescente, entre os grandes volumes de pedra lascada empilhados, um rebanho de carneiros aproximava-se pateando. Vinham amontoados, como uma pequena, torcida massa lanuda, e suas finas pernas espetadas trotavam rapidamente, como se o frio e o silêncio os assustassem. Atrás deles, um cão pastor, com as patas encharcadas cobertas de areia, corria com o nariz colado ao chão, mas descuidado, como se pensando noutra coisa. E então, na passagem no muro de pedras, o próprio pastor apareceu. Era um velho magro e esguio, vestido com um casaco de lã grossa coberta por uma teia de gotículas, calças de veludo amarradas sob os joelhos e um chapéu de feltro com um lenço azul dobrado amarrado ao redor da beirada. Uma das mãos, enfiara no cinto, e com a outra segurava um cajado amarelo maravilhosamente liso. Ao caminhar, sem pressa, ele sustentava um assovio muito leve, aéreo, distante, que soava lastimoso e suave. O velho cachorro lançou-se em uma ou duas cabriolas, depois se aproximou abrupto, envergonhado de sua frivolidade, e caminhou ao lado do dono com algumas passadas imponentes. Os carneiros se aproximaram em corridinhas, com leves pateadas; começaram a balir, e rebanhos de gado e de carneiros fantasmais lhes responderam debaixo do mar. "Béee! Béee!" Por algum tempo pareciam estar sempre no mesmo trecho do terreno. Lá adiante, a estrada de terra se estendia, com poças rasas; os mesmos arbustos encharcados apareciam de ambos os lados, junto às paliçadas, à sombra. Então algo imenso surgiu: um enorme gigante peludo, com os braços estendidos. Era a grande seringueira, à frente da loja da sra. Stubb. Ao passarem por ali, sentiram um forte odor de eucalipto. E, agora, grandes manchas de luz brilhavam na névoa. O pastor parou de assoviar; esfregou o nariz vermelho e a barba molhada na manga molhada e, apertando os olhos, mirou rumo ao mar. O sol se levantava. Era maravilhosa a rapidez com que a névoa se dissipava, se dispersando e se dissolvendo na planície despida, subindo em anéis dos arbustos e partindo, como se com pressa de escapar; grandes volutas e curvas colidiam e batiam, à medida que os raios prateados se ampliavam. O céu distante — de um azul brilhante e puro — se refletia nas poças, e as gotas, nadando ao longo dos postes telegráficos, se irradiavam em pontos de luz. Agora o mar agitado e brilhante estava tão claro que fazia os olhos doerem ao olhá-lo. O pastor retirou, do bolso da camisa, um cachimbo, um pote pequeno como uma bolota de carvalho, tateou por um pedaço de fumo manchado, desbastou algumas aparas e recheou o cachimbo com elas. Era um senhor grave e de belo aspecto. Ao acender o cachimbo, a fumaça azul envolveu sua cabeça, e o cachorro, observando, parecia se orgulhar dele.

— Béee! Béee! — os carneiros se espalharam em feitio de leque. Tinham acabado de sair da colônia de verão, antes mesmo que o primeiro dorminhoco se virasse na cama e levantasse uma cabeça sonolenta; seus balidos soavam em meio aos sonhos das criancinhas... que erguiam seus braços para segurar e aninhar os pequenos carneirinhos lanudos de sono. Então apareceu o primeiro habitante; era a gata Florrie, dos Burnell, sentada no poste do portão, como sempre matutina demais, esperando a menina entregadora de leite. Quando ela viu o velho cão pastor, saltou rapidamente, arqueou as costas, encolheu sua cabeça listrada e teve um pequeno estremecimento fastidioso.

— Ugh! Que criatura bruta e revoltante! — disse Florrie. Mas o velho cão pastor, sem erguer os olhos, passou meneando a cauda e jogando as pernas de um lado para o outro. Só uma de suas orelhas se mexeu, para provar que ele vira e que a achara uma tola jovenzinha.

A brisa matutina se erguia do matagal e o cheiro das folhas e da terra negra molhada se mesclava ao acre cheiro do mar. Milhares de passarinhos cantavam. Um pintassilgo voou acima da cabeça do pastor e, se encarapitando num ramo de flores, voltou-se para o sol, agitando suas pequenas penas do peito. E depois de terem passado pela cabana do pescador, alcançaram a pequena choupana chamuscada onde Leila, a jovem entregadora de leite, vivia com o velho Gran. Os carneiros se desviaram para um pântano amarelo e Wag, o cão pastor, chapinhou atrás, circundando-os e encaminhando-os para o desfiladeiro mais íngreme e estreito, que levava para fora da baía do Crescente, em direção à caverna da Luz do Dia.

— Béee! Béee! — vinham os balidos de longe, enquanto se afastavam, oscilando, na estrada, que rapidamente secava. O pastor afastou o cachimbo, despejando-o no bolso da camisa, deixando aparecer a cabeça pequena do cachimbo. E imediatamente recomeçou o suave e leve assobio. Wag correu ao longo do penhasco atrás de algo que cheirava, e voltou rápido, contrariado. Depois, empurrando, cutucando, se apressando, os carneiros fizeram a curva e o pastor os seguiu, desaparecendo todos de vista.

II

Alguns instantes depois, a porta traseira de um dos bangalôs se abriu, e uma figura vestida com um maiô de listras largas se lançou pela paliçada, transpôs a escada, correu pelas moitas de grama até a ravina, escalou cambaleante o morro de areia e disparou ansiosa por sobre as grandes pedras porosas, por sobre o cascalho molhado e frio, e depois pela areia dura, que brilhava como óleo. Splish! Splosh! Splish! A água borbulhava em torno das pernas de Stanley Burnell, enquanto a espadanava, caminhando exultante. O primeiro homem a chegar, como sempre! Vencera-os, novamente. E deixou-se cair, mergulhando a cabeça e o pescoço na água.

— Alô, irmão! Como vais Tu, oh, Poderoso! — irrompeu uma voz baixa aveludada explodindo sobre a água.

O Grande Scott! Que o Diabo o carregue! Stanley se ergueu para ver uma cabeça escura despontando ao longe e um braço levantado. Era Jonathan Trout — bem ali, diante dele!

— Que manhã gloriosa! — cantarolou a voz.

— É, muito bonita! — disse Stanley, cortante. Por que diabos o homem não ficava na sua parte do mar? Por que ele tinha que vir boiando exatamente para aquele lugar? — Stanley deu um chute, uma estocada e se atirou, nadando de costas. Mas Jonathan era páreo para ele. Logo se aproximou, o cabelo negro liso na testa, a barba curta lisa.

— Tive um sonho extraordinário na noite passada! — gritou ele.

O que havia de errado com o homem? Aquela mania de conversar irritava Stanley a um ponto indizível. E era sempre a mesma coisa — sempre alguma baboseira sobre um sonho que tivera, ou alguma ideia esquisita que o assaltara, ou alguma porcaria que estava lendo. Stanley se voltou de costas e chutou com as pernas até se transformar numa tromba d'água viva. Mas ainda assim...

— Sonhei que estava dependurado de um penhasco terrivelmente alto e gritava para alguém, embaixo.

"Isso é típico!", pensou Stanley. Ele não suportava mais aquilo. Parou de espadanar água.

— Olhe aqui, Trout — disse ele —, estou com muita pressa esta manhã.

— Você está com quê? — Jonathan estava tão surpreso, ou fingiu estar, que afundou na água, depois reapareceu cuspindo água.

— Eu só quero dizer — falou Stanley — que não tenho tempo para... para ficar perdendo tempo. Quero acabar com isso. Estou com pressa. Tenho que trabalhar esta manhã, compreende?

Jonathan fora embora antes de Stanley terminar a frase.

— Deixe disso, amigo! — falou gentil a voz de baixo, e deslizou pela água, quase sem provocar qualquer ondulação na superfície. Mas maldito sujeito! Ele arruinara o banho de Stanley. Que inútil idiota ele era! Stanley se atirou de novo na água, depois nadou o mais rápido que pôde de novo, e se afastou apressado pela praia. Sentia-se logrado.

Jonathan permaneceu um pouco mais na água. Flutuava, movendo as mãos gentilmente como nadadeiras, e deixando o mar balançar seu longo corpo magro. Era estranho, mas, apesar de tudo, ele gostava de Stanley Burnell. É verdade que às vezes tinha um desejo demoníaco de importuná-lo, de ridicularizá-lo, mas no fundo tinha pena do homem. Havia alguma coisa patética na sua determinação de levar tudo tão a sério. Não se podia deixar de pensar que um dia ele cairia, e então, que perfeito fiasco ele se tornaria! Neste momento, uma imensa onda ergueu Jonathan, embrulhou-se para além dele e foi estourar na praia com um som alegre. Que beleza! E agora vinha outra. Era assim que se deveria viver — descuidada, despreocupada e prodigamente. Levantou-se e começou a vencer a resistência da água, rumo à praia, pressionando os dedos de encontro à firme e ondulada areia do fundo. Não levar as coisas a sério, não lutar contra a corrente, o fluxo da vida, mas entregar-se a ela — era isso o que se devia fazer. Era aquela tensão que estragava tudo. Viver — viver! E a manhã perfeita, tão fresca e bela, aquecendo-se ao sol, como se ela risse da sua própria beleza, parecia sussurrar: "Por que não?"

Mas agora que saíra da água, Jonathan ficou azulado de frio. Sentia dores por todo o corpo; era como se alguém estivesse espremendo seu sangue para fora do corpo. E percorrendo a praia a grandes passadas, tremendo e retesando todos os músculos, ele também achou que seu banho estava estragado. Permanecera ali tempo demais.

III

Beryl estava sozinho na sala de estar quando Stanley apareceu vestindo um terno de sarja azul, colarinho duro e gravata de bolinhas. Parecia quase estranhamente limpo e escovado; ia passar o dia na cidade. Deixando-se cair na cadeira, retirou o relógio e o pousou ao lado do prato.

— Só tenho vinte e cinco minutos — disse ele. — Você pode ir ver se o mingau está pronto, Beryl?

— Mamãe acaba de ir lá ver — disse Beryl. Sentou-se à mesa e serviu-o de chá.

— Obrigado! — Stanley o bebericou. — Ui! — falou numa voz espantada. — Você esqueceu do açúcar!

— Oh, desculpe! — Contudo, mesmo então Beryl não o ajudou; limitou-se a empurrar o açucareiro na direção dele. Que significaria isso? Ao se servir, os olhos azuis de Stanley se arregalaram; pareciam tremer. Dardejou um rápido olhar para a cunhada e se recostou.

— Alguma coisa não vai bem, é? — perguntou, descuidadamente, apalpando o colarinho.

Beryl tinha a cabeça baixa; rodava o prato entre os dedos.

— Não, nada — disse com sua voz descuidada.

Então levantou a vista e sorriu para Stanley:

— Por que deveria haver?

— Oh, oh! Por nada, tanto quanto eu saiba. Pensei que você parecia um pouco...

Neste momento a porta se abriu e três menininhas surgiram, cada uma segurando seu prato de mingau. Estavam vestidas identicamente, com suéteres e shorts azuis; suas pernas bronzeadas estavam despidas, e tinham o cabelo repuxado e preso no alto, no que se chama um rabo de cavalo. Atrás delas entrou sra. Fairfield, com a bandeja.

— Cuidado, crianças! — ela advertiu. Mas elas estavam tomando o maior cuidado. Adoravam quando lhes era permitido carregar coisas. — Já disseram um bom-dia para o seu pai?

— Sim, vovó. — Elas se sentaram no banco, do lado oposto de Stanley e Beryl.

— Bom dia, Stanley! — a velha sra. Fairfield lhe passou o prato.

— Bom dia, mamãe! Como vai o menino?

— Esplêndido! Ele só acordou uma vez na noite passada. Que manhã perfeita! — A velha senhora se deteve, a mão pousada na bisnaga de pão, para olhar o jardim pela janela. O mar bramia. Pela janela aberta, os raios de sol iluminavam as paredes pintadas de amarelo e o chão nu. Tudo sobre a mesa brilhava e reluzia. No centro havia uma velha saladeira cheia de nastúrcios vermelhos e amarelos. Ela sorriu, e um brilho de profunda satisfação iluminou seus olhos.

— Você pode me cortar uma fatia deste pão, mãe? — disse Stanley. — Só disponho de doze minutos e meio até a charrete passar. Alguém teria dado meus sapatos para a empregada?

— Eu dei, sim, e eles já estão engraxados. — A sra. Fairfield estava bastante calma.

— Oh, Kezia! Por que você é uma menina tão atrapalhada?! — gritou Beryl desesperada.

— Eu, tia Beryl? — Kezia arregalou os olhos para ela. O que fizera ela agora? Limitara-se a cavar um rio no meio de seu mingau, enchera-o e o estava comendo pelas bordas. Mas ela fizera assim todas as manhãs, e ninguém jamais dissera uma única palavra a respeito até então.

— Por que você não pode comer direito, como Isabel e Lottie? — Como os adultos são injustos!

— Mas Lottie sempre cria uma ilha flutuante, não é Lottie?

— Eu não — disse Isabel, esperta. — Eu só polvilho o meu com açúcar, ponho leite nele e o como. Só bebês brincam com a comida.

Stanley empurrou a cadeira para trás e se levantou.

— Você poderia pegar meus sapatos, mãe? E, Beryl, se já terminou, gostaria que corresse até o portão e parasse a charrete. Corra lá dentro e pergunte a sua mãe, Isabel, onde puseram meu chapéu-coco. Espere um instante — crianças, vocês andaram brincando com minha bengala?

— Não, pai!

— Mas eu a pus ali — Stanley começou a vociferar. — Lembro-me perfeitamente de a ter posto neste canto. Bem, quem a pegou? Não há tempo a perder. Olhem com atenção! A bengala tem de ser encontrada.

Mesmo Alice, a empregada, foi envolvida na procura.

— Você não a esteve usando para atiçar o fogo da cozinha com ela, por acaso?

Stanley lançou-se no quarto, onde Linda estava deitada.

— Que coisa mais surpreendente. Não consigo manter um único objeto em minha posse. Agora carregaram a minha bengala!

— Bengala, querido? Que bengala? — a distração de Linda nesses momentos não parecia real, concluiu Stanley. Será que ninguém se compadeceria dele?

— A charrete! A charrete, Stanley! — esganiçou-se a voz de Beryl ao portão.

Stanley acenou para Linda. — Não há tempo para se despedir! — gritou. E o fazia como se fosse um castigo para ela.

Ele agarrou o chapéu-coco, lançou-se fora da casa e disparou pela alameda do jardim. Sim, a charrete estava ali esperando, e Beryl, debruçando-se sobre o portão aberto, ridicularizava um ou outro, exatamente como se nada tivesse acontecido. A insensibilidade das mulheres! O modo como assumiam que era sua obrigação se desdobrar por elas, enquanto elas nem mesmo se davam ao trabalho de cuidar para que sua bengala não se perdesse. Kelly desdobrou o chicote acima dos cavalos.

— Até logo, Stanley — gritou Beryl, suave e alegremente. Era muito fácil dizer adeus! E ali ficou ela, indolente, recobrindo os olhos com a mão. O pior de tudo era que Stanley também teve de gritar adeus, para manter as aparências. Então, ele a viu se virar, dar um saltinho e correr de volta para casa. Ela ficara feliz em se ver livre dele!

Sim, ela estava agradecida. Na sala de estar, ela correu e gritou:

— Ele foi embora! — Linda então gritou do quarto dela.

— Beryl! Stanley já foi embora? — A velha sra. Fairfield apareceu, carregando o menino na sua jaquetinha de flanela.

— Foi embora?

— Embora!

Oh, o alívio, a diferença que fazia ter o homem longe de casa. Até suas próprias vozes mudavam, quando se chamavam umas às outras: soavam calorosas e amorosas, como se partilhassem um segredo. Beryl dirigiu-se à mesa:

— Beba outra xícara de chá, mamãe. Ainda está quente.

Ela queria, de alguma forma, celebrar o fato de que elas podiam fazer o que desejassem agora. Já não havia um homem para perturbá-las; o dia, perfeito, pertencia-lhes totalmente.

— Não, obrigada, filha — disse a velha sra. Fairfield, mas o modo como, naquele momento, ela lançou o menino para o alto, dizendo-lhe "tolo-tolinho!", significava que partilhava o mesmo sentimento. As menininhas correram para o interior dos pastos, como galinhas que fossem soltas de um viveiro.

Até mesmo Alice, a empregada, que lavava os pratos na cozinha, se contagiou e desperdiçou a água do tanque de uma forma perfeitamente descuidada.

— Oh, esses homens! — disse ela, e mergulhou a chaleira dentro do tanque, mesmo depois de ela ter parado de borbulhar, como se ela também fosse um homem, a quem se afogar ainda seria excessivamente bom.

IV

— Espere-me, Isa-bel! Kezia, espere por mim!

Havia a pobre pequena Lottie, deixada para trás, porque ela achara tão terrivelmente difícil galgar a escada para subir a cerca por si mesma. Ao galgar o primeiro degrau, seus joelhos começaram a vacilar; ela se agarrou à estaca. Então, você tinha que passar uma perna por cima da cerca. Mas qual das pernas? Ela não conseguia decidir. E quando ela finalmente passou uma perna, numa espécie de marca do desespero — aí o sentimento foi horrível. Estava parcialmente na estaca da cerca, e parcialmente entre o capim alto. Agarrava-se à estaca com desespero, e levantou a voz:

— Esperem por mim!

— Não, não espere por ela, Kezia! — disse Isabel. — Ela é tão tolinha. Está sempre fazendo estardalhaço. Venha! — E puxou o casaco de Kezia. — Você pode usar o meu balde, se vier comigo — disse bondosamente. — É maior do que o seu.

Mas Kezia não podia deixar Lottie totalmente sozinha. Voltou correndo até ela. Nesse momento, Lottie estava com o rosto muito vermelho e arfava pesadamente.

— Aqui, passe o outro pé — disse Kezia.

— Onde?

Lottie baixou os olhos para Kezia, como se do alto de uma montanha.

— Aqui, onde está a minha mão. — Kezia indicou o lugar dando palmadinhas com a mão.

— Oh, *ali*, você quer dizer? — Lottie inspirou profundamente, e passou o segundo pé.

— Bem, procure, agora, de alguma forma, se virar, se sentar e escorregar — disse Kezia.

— Mas não há onde se sentar, Kezia — disse Lottie.

Finalmente ela conseguiu, e quando terminou, se sacudiu e começou a ficar novamente radiante.

— Estou melhorando muito em subir a escada de pular a cerca, não estou, Kezia?

Lottie tinha uma natureza bem esperançosa.

O chapéu de sol rosa e azul seguia o boné de sol vermelho de Isabel subindo aquele morro íngreme e escorregadio. No alto, detiveram-se para resolver onde ir e para observarem quem já estava ali. Vistos de costas, de pé contra a linha do céu, gesticulando amplamente com suas espadas, pareciam minúsculos exploradores perplexos.

Toda a família de Samuel Josephs já estava ali com sua ajudante, sentada num banco de acampamento e, que mantinha a ordem com um apito que usava enrolado no pescoço, e uma bengalinha com a qual dirigia as operações. Os Samuel Josephs nunca brincavam sozinhos ou organizavam seus próprios jogos. E, quando o faziam, tudo terminava com os meninos despejando água pelos pescoços das meninas, ou estas tentando colocar caranguejinhos negros nos bolsos dos meninos. Assim, a sra. S. J. e a pobre ajudante criavam o que ela chamava de "brograma" todas as manhãs para os manter "diverrrtidos e sem maldaaaade". Isso consistia em competições ou corridas ou brincadeiras de roda. Tudo começava com um insuportável sopro do apito da ajudante, e terminava com outro. Havia até mesmo prêmios — grandes pacotes de papel, bastante sujos, que a ajudante, com um amargo sorrisozinho, retirava de uma sacola de tiras estofada. Os Samuel Josephs lutavam temerariamente pelos prêmios, roubavam e se beliscavam nos braços — e todos eles eram peritos beliscadores. A única vez em que as crianças Burnell brincaram com eles, Kezia ganhou um prêmio, e quando ela desfez os três pedacinhos de papel, encontrou um minúsculo colchete. Não conseguia compreender por que faziam tanto estardalhaço...

Mas nunca brincavam com os Samuel Josephs, e, agora, nem mesmo iam a suas festas. Os Samuel Josephs estavam sempre proporcionando festas a seus filhos na baía, e a comida era sempre a mesma. Uma grande bacia usada com salada de frutas muito escura, doces divididos em quatro e uma jarra usada cheia daquilo que a ajudante chamava de "Limonamada".

E você saía à noite com metade dos babados do vestido arrancados ou com algo derramado na frente do seu avental infantil de ponto aberto, deixando os Samuel Josephs saltando como selvagens em seu próprio gramado. Não! Eles eram terríveis demais.

Do outro lado da praia, próximo da água, dois menininhos, com as calças enroladas, cintilavam como aranhas. Um cavava, o outro saltitava para dentro e para fora da água, enchendo um pequeno balde. Eram os meninos Trout: Pip e Rags. Mas Pip estava tão ocupado em cavar, e Rags tão ocupado em ajudar, que não viram suas priminhas até elas se aproximarem bastante.

— Olhe! — disse Pip. — Veja o que eu descobri. — E lhes mostrou uma bota velha molhada, de aparência amassada. As três menininhas observavam.

— O que você pretende fazer com isso? — perguntou Kezia.

— Guardá-la, claro! — Pip estava muito zombeteiro. — É um achado, não vê?

Sim, Kezia sabia. Mesmo assim...

— Há muitas coisas enterradas na areia — explicou Pip. — Flutuam dos navios naufragados. Um tesouro. Sabe! Você pode achar...

— Mas por que Rags tem de continuar despejando água nela? — perguntou Lottie.

— Oh, é para amaciá-la — disse Pip —, para tornar o trabalho um pouco mais fácil. Continue, Rags.

E o pequenino e bom Rags corria para cima e para baixo, despejando água, que ficava marrom como chocolate.

— Aqui, devo lhe mostrar o que encontrei ontem? — disse Pip misteriosamente, e afundou a espada na areia. — Prometam que não vão contar.

Elas prometeram.

— Jurem: "Palavra de honra".

As menininhas o repetiram.

Pip retirou algo do bolso, esfregou-o por longo tempo na parte da frente do seu casaco, depois bafejou nele e o esfregou novamente.

— Agora virem-se! — ordenou.

Elas se viraram.

— Todas olhem na mesma direção! Fiquem imóveis! Agora!

E sua mão se abriu; ele ergueu para a luz algo que brilhava, que reluzia, e que era de um verde adorável.

— É uma "esmerauda" — disse Pip solenemente.

— É mesmo, Pip? — Até mesmo Isabel estava impressionada.

A adorável coisinha verde parecia dançar entre os dedos de Pip. Tia Beryl tinha uma "esmeralda" num anel, mas era muito pequena. Esta era grande como uma estrela, e muito mais bonita.

V

Com o adiantado da manhã, grupos inteiros surgiram nas dunas e desceram para a praia para banhar-se. Era um acordo comum que às onze horas as mulheres e as crianças da colônia de verão deviam ter o mar só para si. Primeiro, as mulheres tiravam a roupa, puxavam para cima os maiôs e cobriam as cabeças com hediondas toucas como sacas de esponja; depois, desabotoavam as roupas das crianças. A praia ficava vincada de montículos de roupas e sapatos; os grandes chapéus de verão, presos por pedras contra o vento, pareciam imensas conchas. Era estranho que até o mar parecia soar diferente, quando todas essas figuras risonhas e saltitantes corriam para mergulhar nele. A velha sra. Fairfield, com um vestido lilás de algodão e um chapéu preto amarrado sob o queixo, juntou sua pequena ninhada, aprontando-a. Os pequenos meninos Trout retiraram as camisas pelas cabeças, e partiram os cinco correndo, enquanto a avó se assentava, já com a mão na saca de tricô, pronta para retirar o novelo de lã, satisfeita por vê-los entrar na água, em segurança.

As rijas e compactas menininhas não tinham nem a metade da bravura dos menininhos suaves, de aparência delicada. Pip e Rags, tremendo, se agachando e espadanando água, nunca hesitavam. Mas Isabel, que sabia nadar doze braçadas, e Kezia, que já nadava quase oito, seguiam-nos com a estrita compreensão de que não deveriam ser salpicadas de água. Quanto a Lottie, simplesmente não os seguia. Ficaria agradecida se a deixassem seguir o próprio rumo. E seu rumo era se sentar na água rasa, as pernas esticadas, os joelhos apertados, fazendo movimentos vagos com os braços, como se esperasse ser elevada pelo mar. Mas quando uma onda maior do que o comum, uma velha espadanante, se aproximava ociosamente em sua direção, levantava-se cambaleando, com o rosto aterrorizado, e tornava a subir correndo pela areia.

— Aqui, mamãe, guarde-os para mim, está bem?

Dois anéis e uma corrente fina de ouro foram lançados ao colo da sra. Fairfield.

— Está bem, querida. Mas você não vai cair n'água aqui?

— Não-ão — Beryl arrastou a fala. Sua voz soou vaga. — Vou tirar minha roupa mais para longe. Vou tomar banho com a sra. Harry Kember.

— Muito bem. — Mas os lábios da sra. Fairfield se apertaram. Ela desaprovava a sra. Harry Kember. E Beryl o sabia.

Pobre velha mãe, sorriu ela, saltando pelas pedras. Pobre velha mãe! Velha! Oh, que alegria, que felicidade é ser jovem...

—Você parece muito contente — disse a sra. Harry Kember. Ela estava sentada e reclinada nas pedras, os braços rodeando os joelhos, e fumando.

— Está um dia tão adorável — disse Beryl, sorrindo para ela, em nível mais abaixo.

— Oh, minha *querida*! — A voz da sra. Harry Kember soava como se soubesse mais do que indicava. Entretanto, a voz dela sempre soava como se soubesse mais sobre você do que você mesma sabia. Era uma mulher esguia e de aparência estranha, com mãos e pés estreitos. Seu rosto também era longo e estreito, com ar exausto; até mesmo sua franja loura encaracolada parecia queimada e murcha. Era a única mulher na baía que fumava, e fumava incessantemente, mantendo o cigarro entre os lábios enquanto falava, e tirando-o apenas quando a cinza estava tão longa que não se compreendia como ainda não tinha caído. Quando não jogava bridge — e jogava bridge diariamente, por toda a vida —, passava o tempo deitada sob o brilho total do sol. Podia suportá-lo em qualquer intensidade; nunca lhe bastava. Ao mesmo tempo, não parecia aquecê-la. Crestada, murcha, fria, ela jazia esticada sobre as pedras como um pedaço de madeira flutuante jogado. As mulheres na baía a achavam muito, muito amoral. Sua falta de vaidade, suas gírias, o modo como tratava os homens, como se fosse um deles, e o fato de que não dava a mínima por sua casa e chamava sua empregada Solange de Sol-anjo eram considerados ignominiosos. De pé na escada da varanda, a sra. Kember gritava, com sua voz indiferente e cansada: — Eu lhe digo, Sol-anjo, você poderia me alcançar um lenço, se encontrar um, podia? — E Sol-anjo, com um arco vermelho nos cabelos em lugar de uma touca, e sapatos brancos, se aproximava correndo, com um sorriso descarado. Era um escândalo absoluto! É verdade que não tinha filhos, e seu marido... Aqui as vozes sempre se elevavam; tornavam-se veementes. Como ele pôde se casar com ela? Como pôde ele, como pôde? Deve ter sido por dinheiro, é claro, mas, mesmo assim!

O marido da sra. Kember era pelo menos dez anos mais jovem do que ela, e tão incrivelmente lindo que parecia antes uma máscara ou a mais perfeita ilustração para um romance norte-americano, do que um homem. Cabelos negros, olhos azul-escuros, lábios rubros, um lento sorriso preguiçoso, era bom jogador de tênis, dançava com perfeição, e, com tudo isso, era um mistério. Harry Kember era como um sonâmbulo. Os homens não o suportavam; não conseguiam arrancar uma palavra do sujeito; ele ignorava sua mulher tanto quanto ela o ignorava. Como vivia ele? Claro que havia histórias, mas que histórias! Simplesmente não podiam ser repetidas. As mulheres com quem fora visto, os lugares em que fora visto... mas nunca havia clareza, definição. Algumas mulheres na baía, particularmente, achavam que ele cometera um crime. Sim, mesmo enquanto falavam com a sra. Kember, estudando as roupas descombinadas que ela vestia, podiam imaginá-la espichada como estava agora, na praia; mas fria, infame, e tendo ainda um cigarro dependurado no canto da boca.

A sra. Kember se ergueu, bocejou, desafivelou o cinto e puxou a tira da blusa. E Beryl escapuliu das saias e deixou cair o suéter, erguendo-se na combinação branca curta e no corpete com laços de fita nos ombros.

— Deus nos perdoe! — disse a sra. Harry Kember. — Mas que belezinha você é!

— Não diga isso! — disse Beryl suavemente; mas retirando uma meia comprida e depois a outra, sentiu-se uma belezinha.

— Minha querida — por que não? — disse a sra. Harry Kember, pisando na própria anágua. Realmente — suas roupas íntimas! Umas calcinhas de algodão azul e um corpete de linho que lembravam uma fronha… — E você não usa ligas, usa? — Ela tocou a cintura de Beryl, e esta se esquivou, num salto, soltando um gritinho afetado. Depois respondeu: "Nunca!" com firmeza. — Criaturinha de sorte — suspirou a sra. Kember, soltando as próprias ligas.

Beryl virou de costas e começou a fazer os movimentos complicados de quem tenta arrancar as roupas e colocar o maiô, tudo ao mesmo tempo.

— Oh, minha querida — não se incomode comigo — disse a sra. Harry Kember. — Por que tanta timidez? Não vou comê-la. Não me chocarei como aquelas outras parvas. E soltou sua estranha gargalhada relinchante, careteando em direção às outras mulheres.

Mas Beryl era tímida. Nunca se despia em frente de ninguém. Isto seria tolo? A sra. Harry Kember a fazia algo tolo ou até de que deveria envergonhar-se. Por que ser tímida, de fato! Rapidamente relanceou a amiga de pé, tão ousada em seu corpete rasgado e acendendo outro cigarro; e um sentimento rápido, ousado, maldoso, despertou em seu peito. Rindo despreocupada e temerariamente, puxou a roupa de banho flácida, dando-lhe a sensação de grãos de areia, ainda um pouco úmida, e abotoou-lhe os botões retorcidos.

— Assim está melhor — disse a sra. Harry Kember. Começaram a descer a praia juntas. — Realmente, é um pecado você andar vestida, minha querida. Alguém tem de lhe dizer isso algum dia.

A água estava bastante morna. Era daquele azul transparente maravilhoso, salpicado de prata, mas a areia, no fundo, parecia dourada; quando você a chutava com os artelhos, subia uma rósea poeira dourada. Agora as ondas mal alcançavam seu peito. Beryl se levantou, esticando os braços, os olhos fixos no infinito, e, a cada nova onda que vinha, dava o menor salto possível, de forma a parecer que era a onda que a levantava, bem suavemente.

— Acredito que meninas bonitinhas devem se divertir — disse a sra. Kember. — Por que não? Não cometa um erro, minha querida. Divirta-se. — E repentinamente transformou-se em tartaruga, desapareceu, e nadou para longe, rápido, rápido como um rato. Depois agitou-se, fazendo a curva, e começou a nadar de volta. Ia dizer mais alguma coisa. Beryl sentiu que estava sendo envenenada por esta fria mulher, mas ansiava por ouvi-la. Mas, oh, que estranho, que horrível! Ao se aproximar, a sra. Harry Kember parecia, em sua touca à prova d'água e com o rosto sonolento elevado acima do nível da água, só o queixo a tocando, uma horrível caricatura do marido.

VI

Numa cadeira de praia, sob uma árvore *manuka* que crescia no meio do gramado fronteiriço, Linda Burnell passava a manhã sonhando. Não fazia nada. Erguia os olhos para as folhas escuras, secas e muito úmidas da *manuka*, entremeadas de fendas de azul; de vez em quando, uma diminuta flor amarelada caía sobre ela. Bonito — sim, se você segurasse uma dessas flores na palma da mão e a olhasse de perto, era uma coisinha primorosa. Cada pétala amarela brilhava como se resultasse de cuidadoso labor de mão amorosa. A linguinha no centro lhe dava a forma de um sino.

E quando você a virava do outro lado, o exterior tinha cor de bronze profundo. Mas, assim que floriam, elas caíam e se dispersavam. Você as removia, batendo-as de seu vestido enquanto falava; as horríveis coisinhas se prendiam em seu cabelo. Mas então, por que uma flor? Quem se dá ao trabalho — ou à satisfação — de fazer todas essas coisas que são desperdiçadas, desperdiçadas... Era estranho.

Na grama a seu lado, entre dois travesseiros, o menino estava deitado. Dormia profundamente, com a cabeça virada para o lado oposto ao da mãe. Seu belo cabelo escuro parecia antes uma sombra que cabelo de verdade, mas sua orelha era de um coral brilhante e profundo. Linda dobrou as mãos acima da cabeça e cruzou os pés. Era muito agradável saber que todos esses bangalôs estavam vazios, que todos estavam na praia, fora do alcance da visão e da audição. Tinha o jardim todo para si; estava sozinha.

Deslumbrantemente brancos, os cravos brilhavam; a calêndula de brotos dourados reluzia; os nastúrcios entrançavam-se nas estacas da varanda, flamejantes de verde e dourado. Se ao menos se tivesse tempo para olhar essas flores, tempo para superar a sensação de novidade e estranheza, tempo para conhecê-las! Mas, logo que se parava para separar as pétalas, para descobrir o lado interno da folha, vinha a Vida e nos arrastava dali. E, deitada em sua cadeira de junco, Linda se sentia tão leve; sentia-se como uma folha. Logo veio a Vida como um vento, e ela foi agarrada e sacudida; tinha de partir. Oh, Deus, seria sempre assim? Não haveria fuga possível?

... Agora estava sentada na varanda de sua casa, na Tasmânia, recostada no joelho de seu pai. E ele prometia: "Logo você e eu estejamos suficientemente velhos, Lindinha, vamos partir para algum lugar, vamos escapar. Dois meninos juntos. Imagino que gostaria de subir velejando um rio chinês." Linda descortinava o rio, muito amplo, coberto de pequenas jangadas e barcos. Via os chapéus de palha dos barqueiros e ouvia suas vozes altas e agudas gritando...

— Sim, papai.

Mas exatamente então, um rapagão jovem de cabelo ruivo vivo passou lentamente a pé em frente à casa, retirando o chapéu demorada, até mesmo solenemente. O pai de Linda puxou a orelha dela, implicante, como era de seu jeito.

— O namorado de Linda — sussurrou.

— Oh, papai, imagine eu me casar com Stanley Burnell!

Bem, ela se casou com ele. E, além disso, amava-o. Não o Stanley que todos viam, mas um Stanley tímido, sensível, inocente, que se ajoelhava todas as noites para rezar, e que ansiava por ser bom. Stanley era simples. Se ele acreditava nas pessoas — como acreditava nela, por exemplo —, fazia-o de todo o coração. Não conseguia ser desleal; não conseguia mentir. E como sofria terrivelmente se pensasse que alguém — ela — não estava se comportando com absoluta correção, com absoluta sinceridade para com ele! "Isto é sutil demais para mim!" Lançava as palavras, mas seu olhar franco, trêmulo, perturbado, era como o olhar de um animal preso numa armadilha.

Mas o problema era — e aqui Linda se sentia quase inclinada a rir, embora só os Céus soubessem que não era motivo para riso — que via o *seu* Stanley tão raramente. Havia lampejos, momentos, pausas de calma, mas o restante do tempo era como viver numa casa que não se podia curar do hábito de pegar fogo, ou um navio que naufragava diariamente. E era sempre Stanley que estava exposto e ignorante do perigo. Ela gastava todo o seu tempo socorrendo-o, acalmando-o e ouvindo sua história. E passava o tempo que lhe restava a ter filhos..

Linda franziu o cenho; empertigou-se rapidamente, em sua cadeira de praia, e bateu os calcanhares. Sim, era este seu verdadeiro rancor contra a vida; era isso que não conseguia compreender. Era essa a pergunta que fazia, esperando em vão uma resposta. Ficava muito bem dizer que era o destino comum das mulheres ter filhos. Não era verdade. Ela, de sua parte, podia provar que isso era errado. Estava alquebrada, enfraquecida, perdera a coragem, pelo fato de ter filhos. E o que tornava duplamente difícil ao tê-los era que não amava seus filhos. Era inútil fingir. Mesmo que tivesse a força, nunca cuidaria ou brincaria com as menininhas. Não, era como se um hálito frio a enregelasse totalmente, através de cada uma dessas terríveis jornadas; ela já não dispunha de calor algum para lhes dar. Quanto ao menino — bem, graças a Deus, mamãe o assumira; pertencia a mamãe, ou a Beryl, ou a quem quer que o quisesse. Mal o segurara nos braços. Era tão indiferente a ele que, ao vê-lo deitado ali... Linda baixou os olhos.

O menino se virara. Estava deitado voltado para ela, e já não dormia. Seus olhos de bebê azul-escuros estavam abertos; parecia observar sua mãe. E, de repente, seu rosto criou duas covinhas, abrindo-se num amplo sorriso desdentado, um perfeito raio de luz, nem mais nem menos.

— Estou aqui! — Parecia dizer aquele sorriso feliz. — Por que você não gosta de mim?

Havia alguma coisa de tão singular, de tão inesperado naquele sorriso, que a própria Linda sorriu. Mas ela se conteve e disse ao menino friamente:

— Não gosto de bebês.

— Não gosta de bebês? — O menino não conseguia acreditar nela. — Não gosta de *mim*? Balançou os braços tolamente para a mãe.

Linda caiu da cadeira sobre a grama.

— Por que você continua sorrindo? — perguntou ela severamente. — Se você soubesse o que eu estava pensando, não o faria.

Mas ele apenas apertou os olhos, malicioso, e rolou sua cabeça no travesseiro. Ele não acreditou em nenhuma palavra que ela dissera.

— Nós sabemos tudo sobre isso! — sorriu o menino.

Linda estava tão surpresa com essa confidência desta criaturinha... Ah, não, seja sincera. Não era isso que ela sentia; era uma coisa muito diferente, era alguma coisa tão nova, tão... As lágrimas dançavam em seus olhos; ela murmurou num pequeno sussurro, para o menino:

— Alô, gracinha!

Mas agora o menino já havia esquecido a mãe. Estava novamente sério. Alguma coisa rosa e macia oscilava diante dele. Fez um gesto para agarrá-la, e ela imediatamente desapareceu. Mas quando ele se deitou, uma outra, como a primeira, apareceu. Desta vez, ele estava decidido a agarrá-la. Fez um tremendo esforço e rolou diretamente de costas.

VII

A maré estava baixa; a praia, deserta; preguiçosamente batia o mar morno. O sol dardejava, quente e escaldante, sobre a areia fina, assando as pedras de veios cinzas, azuis, negros e brancos. Sugava a gotícula de água que se escondia na cavidade das conchas curvas; descorava as convolvuláceas cor-de-rosa que se enroscavam completamente pelas dunas. Nada parecia se mover, exceto os pequenos mariscos. Tique-tique-tique! Nunca paravam.

Mais adiante, sobre as pedras forradas de ervas daninhas que pareciam animais hirsutos que viessem beber água, na maré baixa, o sol parecia rodar, como uma moeda de prata lançada em cada uma das pequenas poças de pedra. Elas dançavam, tremiam, e minúsculas ondulações lavavam as poças porosas. Baixando os olhos, se reclinando, cada poça era como um lago com casas róseas e azuis aglomeradas nas praias; e, oh!, a vasta região montanhosa atrás daquelas casas — as ravinas, os desfiladeiros, as falhas perigosas e as temíveis trilhas que levavam à borda da água. Embaixo ondulava a floresta de mar — árvores semelhantes a fios róseos, anêmonas de veludo e ervas daninhas laranjas pontilhadas de bagas. Ora uma pedra do fundo se movia, balançava, e via-se o lampejo de uma antena negra; ora uma criatura semelhante a um fio passava tremulando e desaparecia. Alguma coisa acontecia com as árvores róseas e trêmulas; mudavam para um tom frio de azul lunar. E agora se ouvia o mais sutil som de um "plop". Quem fez este ruído? O que acontecia lá embaixo? E como as algas úmidas cheiravam forte, sob o sol...

As cortinas verdes estavam baixadas nos bangalôs da colônia de verão. Nas varandas, inclinadas para o pasto, atiradas sobre as cercas, viam-se roupas de banho de aparência exausta, e toalhas de listras rústicas. Cada janela traseira parecia ter um par de sandálias na soleira, e alguns amontoados de pedra ou um balde ou uma coleção de conchas *Pāua*. O matagal tremia ao calor do mormaço; a rua de terra estava deserta, exceto pelo cachorro dos Trout, o Snooker, que se deitava espichado, bem no meio do caminho. Seus olhos azuis se voltavam para o alto, as pernas se estiravam rígidas, e ele eventualmente bufava, num sopro desesperado, como se dissesse que resolvera pôr um ponto final a tudo aquilo, e que só esperava uma bondosa carrocinha que o carregasse dali.

— O que a senhora está olhando, minha vovó? Por que fica assim parada, como que olhando para a parede?

Kezia e a avó faziam a sesta juntas. A menininha, vestida apenas com as calças e o corpete, as pernas e os braços nus, estava deitada sobre um dos travesseiros fofos do quarto da avó, enquanto a velha senhora, numa camisola branca franzida, estava sentada à janela, tendo no colo um longo trabalho de tricô rosa. Este quarto em que se encontravam, assim como todos os outros de seu bangalô, era de madeira clara envernizada, e o chão, sem tapetes. A mobília era das mais comuns e simples. A penteadeira, por exemplo, era um caixote de embalagem numa combinação ornada de musselina, e o espelho em cima era muito estranho; era como se tivesse um pedaço de raio bifurcado aprisionado nele. Sobre a mesa havia uma jarra com cravos marinhos, tão apertados uns contra os outros que pareciam uma almofada para alfinetes de veludo; uma concha especial que Kezia dera à avó para ser usada como um porta-alfinetes; e outra, ainda mais especial, que ela imaginara poder muito bem servir para guardar o relógio de pulso, enrolado dentro.

— Diga-me, vovó — disse Kezia.

A velha suspirou, enrolou a lã duas vezes em redor do polegar, e passou por ele a agulha de osso. Ela estava preparando a lã.

— Eu estava pensando no seu tio William, querida — disse ela docemente.

— Meu tio William australiano? — perguntou Kezia. Ela tinha outro.

— Sim, é claro.

— Aquele que eu nunca vi?

— Esse mesmo.

— Bem, que aconteceu com ele? — Kezia sabia-o perfeitamente, mas queria que lhe contassem de novo.

— Foi para as minas, lá teve insolação e morreu — disse a velha sra. Fairfield.

Kezia piscou e considerou novamente a cena... Um homenzinho caído, como um soldado de estanho, ao lado de um grande buraco negro.

— Pensar nele a entristece, vovó? — Detestava ver a avó triste.

Desta vez, foi a velha senhora que se pôs a ponderar. Isso a entristecia? Olhar para trás nos anos, como Kezia a vira fazer agora. Cuidar *deles*, como uma mulher faz, ansiar que *eles* desaparecessem de vista. Isso a entristecia? Não, a vida era assim mesmo.

— Não, Kezia.

— Mas por quê? — perguntou Kezia. Levantou um dos braços nus e começou a fazer desenhos no ar. — Por que tio William tinha de morrer? Ele não era velho.

A sra. Fairfield começou a contar os pontos, de três em três.

— Aconteceu e pronto — disse, com voz absorvida.

— Todo mundo tem de morrrer? — perguntou Kezia.

— Todo mundo!

— *Eu* também? — Kezia balançou a perna esquerda e abanou os dedos dos pés. Sentia a areia neles. — E se eu não quiser?

A velha suspirou novamente e puxou um longo fio do novelo.

— Não nos perguntam, Kezia — disse ela tristemente. — Acontece a todos nós, mais cedo ou mais tarde.

Kezia permaneceu deitada, meditando sobre isso. Ela não queria morrer. Significava que ela teria de partir dali, partir de todos os lugares, para sempre, partir — deixar sua vovó. Ela se virou rapidamente na cama.

— Vovó — disse ela com uma voz espantada.

— Que é, meu amor?

— *Você não pode* morrer. — Kezia estava decidida.

— Ah, Kezia — sua avó ergueu os olhos, sorriu e balançou a cabeça —, não vamos falar nisso.

— Mas você não pode. Não pode me abandonar. Você não pode deixar de estar aí.

Isto era horrível.

— Prometa-me que não vai fazer isso, vovó — implorou Kezia.

A velha continuou tricotando.

— Prometa-me! Diga que nunca!

Mas, ainda assim, a avó manteve o silêncio.

Kezia rolou para fora da cama; ela já não conseguia suportar a cama, e rapidamente saltou para os joelhos da avó, juntou as mãos em torno da garganta da velha senhora e começou a beijá-la, sob o queixo, atrás da orelha, descendo pelo pescoço.

— Diga nunca... diga nunca... diga nunca. — Ofegava por entre os beijos. E então começou, com muita suavidade e rapidez, a fazer cócegas na avó.

— Kezia! — A velha senhora largou o tricô. Balançou para trás na cadeira de balanço. E começou a fazer cócegas em Kezia.

— Diga nunca, diga nunca, diga nunca — murmurou Kezia, enquanto riam, nos braços uma da outra.

— Vamos, já chega, meu esquilo! Já chega, meu pônei selvagem! — disse a velha sra. Fairfield, ajeitando a touca. — Pegue meu tricô do chão!

Ambas haviam esquecido a que se referia aquele "nunca".

VIII

O sol ainda incidia em cheio no jardim quando a porta dos fundos dos Burnell bateu com estrondo, e uma figura muito alegre desceu a alameda rumo ao portão. Era Alice, a empregada, vestida para passar o sábado fora.

Usava um vestido de algodão branco com bolotas vermelhas tão grandes e em tal número que faziam estremecer; sapatos brancos e um chapéu de palha de Livorno revirado para cima, sob a bainha com papoulas. Claro que usava luvas brancas, que tinham os fechos manchados por ferrugem, e tinha, numa das mãos, uma sombrinha de aparência muito usada, à qual se referia como seu "decaído".

Beryl, sentada à janela, abanando o cabelo recém-lavado com um leque, pensou que nunca vira este espantalho. Bastava Alice ter maquiado o rosto com um pedaço de rolha antes de sair, que o quadro estaria completo. E onde iria uma garota assim num lugar desses? O leque fidjiano, em forma de coração, abanou com desdém perante aquela linda cabeleira brilhante. Ela supunha que Alice agarraria algum horrível e vulgar arruaceiro e que iriam juntos para trás de algum arbusto. Que pena ter se tornado tão visível; teriam muito trabalho para esconder Alice vestida daquele jeito.

Mas não, Beryl não estava sendo justa. Alice ia tomar chá com a sra. Stubbs, que lhe enviara uma "convocação" pelo menino de recados. Ela se agradara para sempre da sra. Stubbs, desde a primeira vez em que fora até sua loja em busca de algo contra mosquitos.

— Querida... — A sra. Stubbs bateu com a mão no lado do corpo. — Nunca vi ninguém tão devorado. Parecia ter sido atacada por um bando de canibais alados.

Alice bem que gostaria que houvesse um pouco de animação na rua até lá. Fazia-a sentir-se tão estranha não ter ninguém atrás de si. Fazia-a sentir-se toda fraca na espinha. Não conseguia acreditar que ninguém a observasse. E, contudo, era tão tolo voltar-se; traía-a. Ela puxou as luvas, sussurrou para si mesma e falou para a distante seringueira:

— Não vai demorar muito, agora. — Mas isto quase não era companhia.

A loja da sra. Stubbs se empoleirava numa colina, bem à saída da rua. Tinha duas grandes janelas, como olhos, uma ampla varanda como chapéu, e uma tabuleta no telhado rabiscada com SRA. STUBBS, como um cartão jovialmente enfiado no alto do chapéu.

Na varanda, estava pendurada uma longa fieira de roupas de banho, ligadas como se tivessem acabado de ser resgatadas, antes que esperassem para mergulhar, e ao seu lado pendia um amontoado de sandálias de praia tão extraordinariamente misturadas que, para conseguir um par era preciso desprender e forçosamente separar pelo menos cinquenta. Mesmo assim, era a coisa mais difícil encontrar o pé esquerdo que combinava com o direito. Quantas pessoas haviam perdido a paciência e partiram com um pé que servia e outro que era um pouco grande demais... A sra. Stubbs se orgulhava de guardar um pouco de cada coisa. As duas janelas, dispostas na forma de pirâmides precárias, estavam tão apertadas, empilhadas tão alto, que até parecia que apenas um mágico poderia impedi-las de tombarem. No canto esquerdo de uma janela, colada à moldura por quatro losangos de gelatina, havia preso — e por tempos imemoriais — um aviso.

PERDIDO! BELO BROCHE DE PESCOÇO
DE OURO MACIÇO

NA PRAIA OU NAS SUAS PROXIMIDADES

RECOMPENSA-SE

Alice empurrou a porta para abri-la. O sino tocou estridente, as cortinas vermelhas de sarja se abriram, e a sra. Stubbs apareceu. Com o amplo sorriso e a longa faca de presunto na mão, parecia um bandoleiro amigável. Alice foi recebida com tanta efusão que achou bastante difícil manter seus "modos". Consistiam estes em tossezinhas e pigarros persistentes, repuxões nas luvas, ajeitos na saia e uma curiosa dificuldade em ver o que colocavam diante de si ou compreender o que lhe diziam.

O chá foi servido na mesa do salão — presunto, sardinhas, todo um meio quilo de manteiga, e um pão de milho tão grande que parecia um anúncio de algum fermento. Mas o aquecedor Primus troava tão alto que era inútil tentar conversar acima do barulho que fazia. Alice se sentou na ponta de uma cadeira de vime enquanto a sra. Stubbs bombeava o aquecedor com ainda mais barulho. Repentinamente, a sra. Stubbs arrancou a almofada de uma cadeira e revelou um grande embrulho de papel marrom.

— Acabo de mandar fazer novas fotos, minha querida — gritou alegremente para Alice. — Diga-me o que acha delas.

Com modos muito delicados e refinados, Alice molhou o dedo e afastou o tecido da primeira. Vida? Quantas vidas havia! Havia pelo menos três cochilando. E ela segurou a própria contra a luz.

A sra. Stubbs estava sentada numa poltrona, muito inclinada para o lado. Havia um ar de branda perplexidade no seu rosto largo, e não era para menos. Pois embora a poltrona estivesse sobre um tapete, à esquerda, contornando miraculosamente a beirada deste, havia uma fonte borbulhante. À direita, havia uma coluna grega com uma gigantesca samambaia de cada lado, encimada ao fundo por uma montanha esguia e pálida, com a neve.

— É um belo estilo, não acha? — gritou a sra. Stubbs; e Alice acabara de gritar "Suave", quando o atordoante aquecedor Primus enfraqueceu e parou, e ela disse "Bonito" num silêncio assustador.

— Aproxime a cadeira, minha querida — disse a sra. Stubbs, começando a servir o chá. — Sim — ela disse pensativa, ao lhe entregar o chá —, mas eu não me incomodo com o tamanho. Vou mandar fazer uma ampliação. Tudo muito bom para cartões de Natal, mas jamais gostei de fotos pequenas. Não se consegue confortar-se com elas. Para lhe dizer a verdade, acho-as desanimadoras.

Alice compreendeu o que ela quis dizer.

— Tamanho — disse a sra. Stubbs. — Dê-me tamanho. Era isso o que meu querido falecido marido sempre dizia. Não suportava nada pequeno. Dava-lhe arrepios. E, por mais estranho que pareça, minha querida — aqui a sra. Stubbs se esganiçou e pareceu ficar desenvolta com a recordação —, foi hidropisia o que o carregou, no final. Muitas vezes retiravam quase um litro dele no hospital. Parecia o Juízo Final.

Alice ansiava por saber exatamente o que fora retirado dele. Ela arriscou:

— Imagino que fosse água.

Mas a sra. Stubbs fixou os olhos em Alice e respondeu significativamente:

— Era líquido, minha querida.

Líquido! Alice saltou para longe da palavra como um gato e voltou para ela, cheirando cautelosamente.

— É ele! — disse a sra. Stubbs, apontando dramaticamente para a cabeça e os ombros de um homem robusto, em tamanho normal, que tinha uma rosa branca murcha na botoeira do casaco — o que fazia pensar em um enrolado de gordura de carneiro fria. Logo abaixo, em letras prateadas sobre um fundo de cartolina vermelho, liam-se as palavras: "Não tenha medo, sou eu."

— É realmente um rosto bonito — disse Alice, sem convicção.

O arco azul pálido no alto do cabelo louro frisado da sra. Stubbs estremeceu. Ela arqueou o pescoço gordo. Que pescoço tinha ela! Era de um rosa forte no começo, depois mudava para abóbora vivo, depois fenecia para a cor de ovo marrom e depois para um cremoso profundo.

— E, contudo, minha querida — disse ela surpreendentemente —, a liberdade é melhor! — Sua risada suave, gorda, soava como um ronronar.

— A liberdade é melhor — repetiu a sra. Stubbs.

Liberdade! Alice soltou um risinho alto e tolo. Sentia-se constrangida. Seu pensamento retornou voando para a sua velha cozinha. Que coisa tão estranha! Queria retornar para ela.

IX

Um estranho grupo estava reunido na lavanderia dos Burnell, após o chá. Em volta da mesa estavam sentados um touro, um galo, um burro, que continuava se esquecendo de que era um burro, um carneiro e uma abelha. A lavanderia era o lugar mais perfeito para um tal encontro, porque ali podiam fazer o que queriam, e ninguém os interromperia. Era um pequeno barraco de folha de flandres construído longe do bangalô. Havia uma manjedoura encostada a uma parede e, a um canto, uma tina de cobre encimada por uma cesta de pregadores de roupa. A janelinha, recoberta de teias de aranha, tinha um pedaço de vela e uma ratoeira no peitoril empoeirado. Havia varais de secar roupa ziguezagueando suspensos e, dependurado de uma cavilha na parede, uma ferradura grande, larga e enferrujada. A mesa ficava no meio, com uma figura de cada lado.

—Você não pode ser uma abelha, Kezia. Uma abelha não é um animal. É um "ninseto".

— Oh, mas eu desejo tremendamente ser uma abelha — lamuriou-se Kezia. — Uma abelhinha, toda de pelo amarelo, com pernas listradas. — Ela dobrou as pernas sob si mesma e se inclinou sobre a mesa. Sentia-se uma abelha.

— Um ninseto tem de ser um animal — disse ela resolutamente. — Faz barulho. Não é como um peixe.

— Eu sou um touro, eu sou um touro! — gritou Pip. E deu um mugido tão tremendo — como ele fazia aquele barulho? — que Lottie pareceu muito assustada.

— Eu serei um carneiro — disse o pequeno Rags. — Passaram muitos carneiros de manhã.

— Como você sabe?

— Papai os ouviu. Béee! — Ele soava como o cordeirinho que trota mais atrás e parece esperar ser carregado.

— Cocoricó! — esganiçou-se Isabel. Com as bochechas rubras e os olhos brilhantes, ela parecia um galo.

— O que eu vou ser? — Lottie perguntou a todos, e se sentou sorrindo, esperando que eles decidissem por ela. Tinha de ser um bicho fácil.

— Seja um burro, Lottie. — Foi a sugestão de Kezia. — Rim-rom! Você não pode esquecer isso.

— Rim-rom! — disse Lottie solenemente. — Quando devo dizê-lo?

— Eu explicarei, eu explicarei — disse o touro. — Era ele quem dava as cartas. Ele as brandiu em torno da cabeça. — Todos quietos! Todos escutem! — E esperou por eles. — Olhe aqui, Lottie. — Virou uma carta. — Tem duas marcas nela, vê? Agora, se você puser esta carta no meio e alguém tiver uma com duas marcas também, você dirá: "Rim-rom" — e a carta será sua.

— Minha? — Lottie arregalou os olhos. — Para sempre?

— Não, sua boba. Só durante o jogo, vê? Só enquanto estamos jogando. — O touro estava muito zangado com ela.

— Oh, Lottie, você é bem boba — disse o orgulhoso galo.

Lottie olhou para ambos. Então deixou pender a cabeça; seu lábio tremeu.

— Não quero jogar — murmurou. Os outros relancearam em torno da mesa, como conspiradores. Todos sabiam o que isso significava. Ela partiria e seria descoberta em algum lugar de pé, cobrindo a cabeça com seu avental sem mangas, num canto, ou encostada a um muro, ou mesmo atrás de uma cadeira.

— Sim, você *quer* sim, Lottie. É muito fácil — disse Kezia.

E Isabel, arrependida, disse, exatamente como um adulto:

— Olhe para *mim*, Lottie, e você logo aprenderá.

— Alegre-se, Lot — disse Pip. — Olhe, já sei o que vou fazer. Vou lhe dar a primeira. Na verdade, é minha, mas vou dá-la a você. Aqui está. — E ele baixou a carta em frente a Lottie.

Lottie reanimou-se com isso. Mas agora tinha uma outra dificuldade.

— Não tenho um lencinho — ela disse. — Preciso muito de um.

— Aqui, Lottie, pode usar o meu. — Rags mergulhou a mão na camisa de marinheiro e retirou um com aparência muito úmida e amassada.

— Tenha muito cuidado — advertiu-a. — Só use este canto. Não o desamarre. Dentro dele tenho uma estrela do mar que vou tentar amestrar.

— Oh, vamos lá, meninas — disse o touro. — E lembrem-se: vocês não devem olhar suas cartas. Devem ficar com as mãos embaixo da mesa até eu dizer "Já".

Smack deu as cartas ao redor da mesa. Tentaram com todo o esforço ver, mas Pip era rápido demais para eles. Era muito empolgante sentar-se ali na lavanderia; era tudo que podiam fazer para não irromper num pequeno coro de animais, antes mesmo de Pip terminar de dar as cartas.

— Agora, Lottie, você começa.

Timidamente, Lottie esticou a mão, tirou uma carta de cima do baralho, olhou-a bem — era evidente que estava contando as manchas — e a pousou.

— Não, Lottie, você não pode fazer isso. Você não deve olhar primeiro. Você deve virá-la do outro lado.

— Mas aí todo mundo vai ver ao mesmo tempo que eu — disse Lottie.

O jogo continuou. Muuuuu! O touro era terrível. Ele se lançava sobre a mesa e parecia querer comer as cartas.

Bzzzzz! — dizia a abelha.

Cocoricó! Isabel levantou-se, em sua empolgação e movimentou os braços como asas.

Béeee! O pequeno Rags desceu o rei de ouros e Lottie uma carta que chamavam de rei da Espanha. Ela já quase não tinha cartas.

— Por que você não grita, Lottie?

— Já esqueci o que eu sou — disse o burro pesaroso.

— Mude, então! Seja um cachorro, então! Au-au!

— Ah, sim. É muito mais fácil. — Lottie sorriu de novo. Mas quando ela e Kezia tinham ambas uma carta com um ás, Kezia esperou de propósito. Os outros fizeram sinal e apontaram para Lottie. Esta ficou muito vermelha; parecia confusa, e finalmente disse: Rim-rom! Ke-zia.

— Sssshhh! Esperem um minuto! — Estavam bem envolvidos no jogo quando o touro os deteve, levantando a mão. — Que é isso? Que barulho é esse?

— Que barulho? O que você quer dizer? — perguntou o galo.

— Sssshhh! Calem-se! Ouçam! — Estavam imóveis como camundongos. — Parece que ouvi... ouvi alguém ba-bater — disse o touro.

— Como era? — perguntou o carneiro fracamente.

Não houve resposta.

A abelha estremeceu. — Por que fechamos a porta? — disse suavemente. Oh, por que tinham fechado a porta?

Enquanto jogavam, a noite caíra; o deslumbrante pôr do sol brilhara e se fora. E agora, a escuridão corria rápida sobre o mar, sobre as dunas, subindo o pasto. Assustava-o olhar os cantos do depósito, e, contudo, tinha-se de olhar, com toda a força. Em algum lugar, longe dali, vovó acendia um lampião. As venezianas estavam sendo descidas; o fogo na cozinha lambia a chapa do fogão.

— Seria horrível, agora — disse o touro —, se uma aranha caísse do teto em cima da mesa, não?

— As aranhas não caem do teto.

— Caem, sim. Nossa Min nos disse que ela vira uma aranha grande como um pires, com longos fios, como uma groselheira.

Rapidamente as cabecinhas se levantaram; todos os corpinhos se juntaram, se apertando.

— Por que ninguém vem nos buscar? — gritou o galo.

Oh, aqueles adultos, rindo e confortavelmente sentados à luz do abajur, bebendo nas suas xícaras! Tinham se esquecido deles. Não, esquecido não. Era isso que seu sorriso queria dizer. Tinham resolvido deixá-los ali sozinhos.

Repentinamente, Lottie soltou um grito tão agudo que todos se descompuseram, gritando também. — Um rosto, um rosto olhando! — esganiçou-se Lottie.

Era verdade, era real. Pressionada de encontro à vidraça, havia uma face pálida, de olhos negros e barba negra.

— Vovó! Mamãe! Alguém!

Mas eles ainda não tinham chegado até a porta, tropeçando uns nos outros, quando ela foi aberta por tio Jonathan. Ele viera buscar os menininhos para levá-los para casa.

X

Tencionara chegar mais cedo, mas diante do jardim encontrara Linda, que caminhava para cima e para baixo no gramado, detendo-se para pegar um cravo murcho ou para apoiar um craveiro desequilibrado, ou inspirar algo profundamente; depois continuava caminhando, com seu jeito levemente distante. Sobre o vestido branco usava um xale amarelo de franjas rosa, da loja chinesa.

— Alô, Jonathan! — exclamou Linda. E Jonathan levantou seu roto chapéu-panamá, apertou-o contra o peito, ajoelhou-se e beijou a mão de Linda.

— Cumprimento-a, minha Bela! Cumprimento minha Flor de Pêssego Celestial! — ressoou gentil, sua a voz de baixo. — Onde estão as outras nobres damas?

— Beryl está fora, jogando bridge, e mamãe está dando banho no bebê... Veio até aqui pegar alguma coisa emprestada?

Os Trout viviam sempre desabastecidos de alguma coisa, e mandavam alguém aos Burnell, no último momento, para buscá-la.

Mas Jonathan apenas respondeu:

— Um pouco de amor, um pouco de bondade — e caminhou ao lado de sua cunhada.

Linda se deixou cair na rede de Beryl, debaixo da árvore *manuka*, e Jonathan se estendeu na grama ao seu lado, puxou um longo capim e começou a mordê-lo. Eles se conheciam bem. Vozes de crianças se elevavam de outros jardins. A carroça leve de um pescador passou chacoalhando pela estrada de terra, e de longe ouviram um cão latindo; estava abafado, como se o cão tivesse a cabeça dentro de um saco. Se se prestasse atenção, seria possível distinguir o suave bramir do mar na maré cheia varrendo as pedras. O sol se punha.

— E, assim, você volta para o escritório na segunda-feira, não é, Jonathan? — perguntou Linda.

— Na segunda-feira, a porta da jaula se abre e encerra a vítima por mais onze meses e uma semana — respondeu Jonathan.

Linda balançou um pouco.

— Deve ser horrível — disse, lentamente.

— Você queria que eu risse, minha linda cunhada? Gostaria que eu chorasse?

Linda estava tão acostumada com o modo de falar de Jonathan que já não lhe prestava atenção.

— Suponho — disse, vagamente — que as pessoas se acostumam. As pessoas se acostumam com tudo.

— É mesmo? Hum! — O "Hum" foi tão profundo que parecia vir do fundo da terra. — Eu me pergunto como o fazem — meditou Jonathan —; jamais consegui.

Olhando para ele, deitado ali, Linda pensou de novo em como ele era atraente. Era estranho pensar que ele era apenas um simples escriturário, e que Stanley ganhava duas vezes mais dinheiro que ele. Qual era o problema de Jonathan? Não tinha qualquer ambição; supunha que era isso. E, contudo, sentia-se que era bem-dotado, excepcional. Gostava apaixonadamente de música; cada tostão que sobrasse ele gastava em livros. Era sempre dotado de novas ideias, esquemas, planos. Mas nada resultava disso tudo. Novo fogo brilhava em Jonathan; você quase o ouvia, devastando-o, enquanto ele explicava, descrevia e discorria sobre a nova descoberta. Mas no momento seguinte o fogo tinha apagado, e só restavam cinzas, e Jonathan partia com um olhar como se os seus olhos negros tivessem fome. Nesses instantes ele exagerava sua absurda maneira de falar. E ele cantava na igreja. Era o dirigente do coro, e mostrava tão temível intensidade dramática que o mais insignificante hino ganhava um esplendor pecaminoso.

— Parece-me tão imbecil, tão infernal, ter de ir ao escritório na segunda-feira — disse Jonathan — como sempre foi e como sempre será. Passar os melhores anos da vida sentado num banco, das nove às cinco, anotando no livro-caixa de alguém! É um estranho uso para a vida... a única e preciosa vida, não é mesmo? Ou eu ingenuamente sonho? — Ele rolou na grama e ergueu os olhos para Linda. — Diga-me qual é a diferença entre minha vida e a de um prisioneiro comum? A única diferença que consigo ver é que eu mesmo me prendi e ninguém vai algum dia me soltar dali. Esta situação é mais intolerável que a anterior. Pois se eu tivesse sido empurrado ali dentro contra minha vontade — talvez chutado — depois de a porta ter sido trancada, ou, de qualquer jeito, em aproximadamente cinco anos, eu poderia ter aceitado o fato e começado a ganhar interesse no voo das moscas ou em contar os passos do guarda no corredor, especialmente atento às variações dos passos etc. Mas, do jeito que são as coisas, sou como um inseto que voou para dentro da sala por sua própria vontade. Bato contra as paredes, bato contra as janelas, esvoaço até o teto, faço tudo sobre a terra de Deus, de fato, exceto voar para o exterior novamente. E, durante todo esse tempo, fico pensando, como aquela mariposa, ou aquela borboleta, ou qualquer coisa que eu seja: "A brevidade da vida! A brevidade da vida!" — Tenho apenas uma noite ou um dia, e há este vasto jardim perigoso esperando lá fora, não descoberto, inexplorado.

— Mas, se você se sente assim, por que... — começou Linda rapidamente.

— *Ah!* — exclamou Jonathan. E aquele "Ah!" tinha algo de quase exultante. — Aí que está. Por quê? Por quê, sem dúvida. Aí está a enlouquecedora, a misteriosa pergunta. Por que não saio voando de novo? Ali está a janela, ou a porta, ou o que quer que eu tenha empregado para entrar. Não está desesperadamente fechada, está? Por que não a encontro e saio? Responda-me, cunhadinha. — Mas ele não deixou tempo para a resposta.

— Estou de novo exatamente como aquele inseto. Por alguma razão... — Jonathan interrompeu-se — não é permitido, é proibido, é contra a lei dos insetos parar de se bater e agitar as asas de encontro à vidraça, mesmo por um instante. Por que não abandono o escritório? Por que não penso seriamente, neste momento, por exemplo, no motivo que me impede de abandoná-lo? Não é que eu esteja terrivelmente amarrado. Tenho dois filhos para cuidar, mas, afinal, são meninos. Poderia partir para o mar, ou conseguir emprego no interior, ou... — Repentinamente, ele sorriu para Linda e disse, numa voz mudada, como se lhe confiasse um segredo: — Fraco... fraco. Sem forças. Sem âncora. Sem princípio norteador, digamos assim. — Mas então a voz aveludada e sombria ondulou:

Vocês querem ouvir a história
Como ela se desdobra...

e guardaram silêncio.

O sol tinha se posto. No ocidente, havia grandes massas de nuvens róseas esmagadas no céu. Amplos raios de luz brilhavam através das nuvens e além delas, como se fossem cobri-lo todo. Mais acima, o azul se esvanecia; tornou-se de um dourado pálido, e o arbusto, delineado contra o céu, brilhava escuro e reluzente como metal. Algumas vezes, quando esses raios de luz se mostram no céu, são horríveis. Lembram-no de que lá se assenta Jeová, o Deus ciumento, o Todo-Poderoso, Cujos olhos estão postos em você, sempre vigilantes, nunca cansados. Você recorda que, na Sua vinda, toda a terra se desmoronará, num único cemitério em ruínas; os frios anjos brilhantes o levarão nesta ou naquela direção, e não haverá tempo para explicar o que poderia ter sido explicado tão simplesmente... Mas hoje à noite parecia a Linda que havia algo infinitamente alegre e adorável naqueles raios prateados. E agora nenhum som vinha do mar. Este respirava suavemente, como se fosse atrair aquela suave, alegre beleza para seu próprio seio.

— Está tudo errado, está tudo errado — veio a voz velada de Jonathan. — Não é o cenário, não é a disposição… três bancos, três escrivaninhas, três tinteiros e uma veneziana metálica.

Linda sabia que ele nunca mudaria, mas falou:

— É tarde demais, até mesmo agora?

— Estou velho, estou velho — entoou Jonathan. Ele se inclinou para ela, passou a mão pela própria cabeça. — Olhe! — Seu cabelo preto estava todo pontilhado de prata, como a plumagem do peito de uma ave negra.

Linda estava surpresa. Não tinha ideia de que ele estivesse grisalho. E, contudo, ao vê-lo de pé ao seu lado, suspirando e se espreguiçando, ela o viu, pela primeira vez, nem resoluto, nem galanteador, nem descuidado, mas já tocado pela idade. Parecia muito alto na grama que escurecia, e no seu pensamento se cruzou a ideia de que "Ele é como uma erva".

Jonathan se reclinou novamente e beijou os dedos dela.

— Deus te recompense por tua suave paciência, senhora minha — murmurou. — Preciso partir à procura daqueles herdeiros de minha fama e fortuna…

E partiu.

XI

A luz brilhou nas janelas do bangalô. Duas manchas quadradas de ouro incidiram sobre as perenes e calêndulas fosforescentes. Florrie, a gata, saiu para a varanda e se sentou no degrau mais alto, as patas brancas juntas, a cauda enrolada. Parecia contente, como se tivesse esperado por este momento o dia todo.

— Graças a Deus, está ficando tarde — disse Florrie. — Graças a Deus, o longo dia acabou. — Seus olhos se abriram como duas ameixas.

Logo soou o rumor de um coche e o estalido do chicote de Kelly. Estava perto o suficiente para se poderem distinguir as vozes dos homens vindos da cidade, falando entre si. Parou diante do portão dos Burnell.

Stanley já estava a meio caminho da alameda antes de ver Linda.

— É você, querida?

— É, sim, Stanley.

Ele saltou por sobre o canteiro e a agarrou nos braços. Ela se viu envolvida naquele abraço conhecido, ansioso e forte.

— Perdoe-me, querida, perdoe-me — gaguejou Stanley, e pôs a mão sob o queixo dela, levantando seu rosto para ele.

— Perdoá-lo? — sorriu Linda. — Mas de quê?

— Bom Deus! Você não pode ter esquecido — exclamou Stanley Burnell. — Não pensei noutra coisa, o dia inteiro. Tive um dia infernal. Decidi ir correndo telegrafar, mas afinal pensei que o telegrama poderia alcançá-la depois de mim mesmo. Estive sofrendo uma tortura, Linda.

— Mas, Stanley — disse Linda —, pelo que devo perdoá-lo?

— Linda! — Stanley estava muito ofendido. — Você não percebeu — deve ter percebido — que eu saí hoje de manhã sem lhe dar adeus? Não posso imaginar como pude fazer uma coisa dessas. É o meu temperamento confuso, é claro. Mas, bem... — e ele suspirou e a tomou em seus braços novamente — já sofri o bastante por isso hoje.

— O que tem você aí na mão? — perguntou Linda. — Luvas novas? Deixe-me ver.

— Oh, é só um par barato de luvas de couro macio — disse Stanley humildemente. — Notei que Bell usava dessas luvas no coche hoje de manhã, e assim, ao passar por uma loja, corri ao seu interior e comprei um par para mim. Do que você está sorrindo? Você não acha que fiz mal, acha?

— *Ao con-trário*, querido — disse Linda —, acho que foi muito sensato.

Puxou uma das grandes e claras luvas em seus dedos e olhou para a própria mão, virando-a daqui para ali. Ainda sorria.

Stanley queria dizer: "Fiquei pensando em você durante todo o tempo em que as comprei." Era verdade, mas, por alguma razão, ele não conseguiu dizê-lo. — Vamos entrar — disse ele.

XII

— Por que você se sente tão diferente à noite? Por que é tão excitante ficar acordada quando todos os demais estão dormindo? Tarde — é muito tarde! E, contudo, a cada momento, você se sente mais e mais acordada, como se, quase a cada inspiração, estivesse acordando num mundo novo, maravilhoso, muito mais emocionante e excitante do que o diurno. E que estranha sensação é essa de ser uma conspiradora? Leve, firmemente, você se movimenta pelo quarto. Retira algo da penteadeira e o recoloca sem um ruído. E tudo, mesmo as colunas da cama, a conhecem, tudo responde, partilha seu segredo...

Você não gosta muito do seu quarto durante o dia. Nunca pensa nele. Entra e sai, a porta se abre e fecha, o armário range. Senta-se na extremidade da cama, muda de sapatos e se atira novamente para fora. Um mergulho no espelho, dois grampos no cabelo, pó de arroz no nariz e novamente parte. Mas agora ele se tornou repentinamente caro a você. É um quartinho querido. É seu. Oh, que alegria é possuir coisas! Minhas — minhas próprias!

— Minhas próprias — para sempre?

— Sim. — Seus lábios se encontram.

Não, claro, isso não tinha nenhuma relação. Tudo era bobagem e tolice e absurdo. Mas, apesar de si mesma, Beryl viu nitidamente duas pessoas de pé no meio do quarto. Os braços dela rodeavam o pescoço dele; ele a abraçava. E agora ele murmurava: "Minha beleza, minha belezinha!" Ela saltou para fora da cama, correu para a janela e se ajoelhou no banco embutido na janela com os cotovelos pousados no peitoril. Mas a bela noite, o jardim, cada arbusto, cada folha, até mesmo as paliçadas brancas e as estrelas, também conspiravam. A lua brilhava tanto que as flores cintilavam como de dia; a sombra dos nastúrcios, folhas semelhantes a lírios, refinadas, e flores desabrochadas, jaziam pela varanda prateada. A árvore manuka, dobrada pelos ventos do sul, era como um pássaro de pé sobre uma perna, estirando uma asa.

Mas quando Beryl olhou para o arbusto, este lhe pareceu estar triste.

— Somos árvores mudas, estirando-nos à noite, implorando não sabemos o quê — disse o arbusto tristonho.

É verdade que quando você está sozinha e pensa sobre a vida, é sempre triste. Toda aquela excitação e tudo o mais tem um jeito de repentinamente a abandonar, e é como se, no silêncio, alguém a chamasse pelo nome, e você ouvisse seu nome pela primeira vez. — Beryl!

— Sim, estou aqui. Sou Beryl. Quem me quer?

— Beryl! — Deixe-me ir.

É solitário viver sozinha. Claro, há parentes, amigos, montes deles; mas não é isso o que ela quer. Ela quer alguém que encontrará aquela Beryl que nenhum de seus amigos conhece, alguém que esperará que ela seja sempre aquela Beryl. Ela quer um amante.

— Leve-me para longe de todas essas outras pessoas, meu amor. Vamos partir para longe. Vamos viver nossa vida, tudo novo, tudo nosso, totalmente do início. Vamos acender nosso fogo. Vamos nos sentar para comermos juntos. Vamos ter longas conversas, à noite.

E o pensamento era quase "Salve-me, meu amor. Salve-me!"

— … Oh, continue! Não seja melindrosa, minha querida. Divirta-se enquanto é jovem. É o meu conselho. — E uma agitação de riso tolo uniu-se ao relincho alto, indiferente, da sra. Harry Kember.

Veja, é tão assustadoramente difícil quando você não tem ninguém. Você fica tão à mercê das coisas. Não se pode só ser impetuosa. E você tem sempre este horror de parecer pouco experiente e desinteressante como as outras tolas na baía. E — é fascinante saber que se possui poder sobre as pessoas. Sim, isso é fascinante…

Oh, por que, oh, por que "ele" não vem logo?

Se eu continuar vivendo aqui, pensou Beryl, qualquer coisa poderá me acontecer.

— Mas como você sabe que ele chegará a vir? — ridicularizou uma vozinha dentro dela.

Mas Beryl a despachou. Ela não podia ser abandonada. Outras pessoas, talvez, mas ela não. Não era possível pensar que Beryl Fairfield, aquela moça adorável e fascinante, nunca se casaria.

— Você se lembra de Beryl Fairfield?

— Lembrar-me dela! Como se eu pudesse esquecê-la. Foi num verão na baía que eu a vi. Estava de pé na praia, vestida de azul — não, rosa —, um vestido de musselina, segurando um grande chapéu de palha creme — não, preto. Mas já faz anos.

— Está tão adorável como antes, e ainda mais, se é que mudou.

Beryl sorriu, mordeu o lábio e fitou fixamente o jardim. Ao olhar, viu alguém, um homem, deixar a rua, andar ao longo dos pastos, ao lado das paliçadas, como se viesse diretamente na sua direção. Sentiu seu coração bater. Quem era? Quem poderia ser? Não poderia ser um ladrão, certamente que não, pois estava fumando, e andava despreocupado. O coração de Beryl saltava; parecia quase se revirar e depois parar. Ela o reconheceu.

— Boa noite, srta. Beryl — disse a voz suavemente.

— Boa noite.

— Não quer dar uma voltinha? — arrastou-se a voz.

Dar uma volta — àquela hora da noite! — Eu não poderia. Todo mundo está na cama, dormindo.

— Oh — disse a voz despreocupadamente, e um cheiro suave de fumaça chegou até ela. — O que importam os outros? Venha! Está uma noite tão bonita! Não há uma alma por aí.

Beryl negou com um gesto de cabeça. Mas já alguma coisa se mexia dentro dela, algo levantava a cabeça.

A voz disse: — Com medo? — Ridicularizou: — Pobre menininha!

— Nem um pouco! — disse ela. Ao falar, aquela coisa fraca dentro dela parecia desdobrar-se, crescer, de repente, tremendamente forte; ela ansiava por partir!

E como se isto fosse bem compreendido pelo outro, a voz disse, gentil e suavemente, mas definitiva: —Venha!

Beryl saltou o peitoril baixo da janela e atravessou correndo o gramado até o portão. Ele estava ali diante dela.

— Está bem — suspirou a voz, e implicou: — Você não está assustada, está? Você não está assustada?

Ela estava; agora que estava ali, estava aterrorizada, e parecia-lhe que tudo era diferente. O luar vigiava e brilhava; as sombras eram como grades de ferro. Sua mão foi segura.

— Nem um pouco — ela disse despreocupadamente. — Por que deveria estar?

Sua mão foi gentilmente puxada. Ela se deteve.

— Não, não vou andar nem mais um passo — disse Beryl.

— Ora bolas! — Harry Kember não podia acreditar nela. — Venha! Vamos só até aquele arbusto de brincos-de-princesa. Venha!

A touceira de brincos-de-princesa era alta. Debruçava-se sobre a cerca num chuveiro. Havia uma pequena mancha de escuridão embaixo.

— Não, realmente, não quero ir — disse Beryl.

Por um momento Harry Kember não respondeu. Então se aproximou mais, voltou-se para ela, sorriu e disse rapidamente:

— Não seja tola! Não seja tola!

O sorriso dele era algo que ela nunca vira antes. Estaria bêbado? Aquele sorriso cego, brilhante, aterrorizante enregelou-a de pavor. O que ela estava fazendo? Como chegara até ali? — perguntava-lhe o severo jardim, quando o portão foi aberto e Harry Kember o atravessou e a puxou para ali.

— Diabinho frio! Diabinho frio! — disse a odienta voz.

Mas Beryl era forte. Ela negaceou, desviou-se e livrou-se dele com um repuxão.

— Você é abjeto, abjeto — falou ela.

— Então, em nome de Deus, por que veio? — gaguejou Harry Kember. Ninguém lhe respondeu.

Uma nuvem, pequena, serena, flutuou em frente à lua. Neste momento de escuridão, o mar bramia fundo, perturbado. Então, a nuvem se afastou navegando, e o ressoar do mar se tornou um vago murmúrio, como se acordasse de um sonho sombrio. Tudo ficou tranquilo, então.

A festa ao ar livre

Afinal, o clima estava perfeito. Não poderiam ter dia mais perfeito para uma festa ao ar livre, mesmo que o tivessem encomendado. Morno, sem vento, o céu sem uma nuvem. Apenas o azul estava velado por uma névoa dourado-clara, como às vezes acontece no início do verão. O jardineiro acordara de madrugada, aparando e varrendo os gramados, até que a grama e os arranjos de rosas escuras e baixas, onde antes os arbustos de margaridas estiveram, pareceram brilhar. Quanto às rosas, não se podia deixar de sentir que as rosas são as únicas flores que impressionam as pessoas nas festas ao ar livre; as únicas flores que todos certamente conhecem. Centenas, sim, literalmente centenas desabrocharam numa única noite: os arbustos verdes se curvaram, como se visitados por arcanjos.

Ainda não haviam terminado o café da manhã quando os homens chegaram para armar o toldo.

— Onde você quer que coloquem o toldo, mamãe?

— Minha querida filha, não adianta perguntar a mim. Decidi deixar vocês, minhas filhas, resolverem tudo este ano. Esqueça de que sou sua mãe. Tratem-me como uma convidada de honra.

Mas Meg não conseguia ir supervisionar o trabalho dos homens. Lavara o cabelo antes do café, e estava sentada, bebendo café, usando um turbante verde com um pega-rapaz escuro decalcado em cada bochecha. Jose, a borboleta, sempre descia vestida numa anágua cor-de-rosa e um quimono.

— Você terá de ir, Laura; você que é artística.

Laura partiu correndo, ainda segurando um pedaço de pão com manteiga. É tão delicioso ter uma desculpa para comer ao ar livre, e, além disso, adorava decoração; sempre sentia que podia fazê-lo tão melhor que todos os outros.

Quatro homens, vestidos em mangas de camisa, estavam agrupados na alameda do jardim. Carregavam tábuas cobertas de rolos de lonas, e tinham grandes sacas de ferramentas lançadas às costas. Impressionavam. Laura agora desejava não estar segurando seu pão com manteiga, mas não havia onde pousá-lo, e não poderia jogá-lo fora de forma alguma. Corou e tentou parecer severa, e até mesmo um pouco míope ao se aproximar.

— Bom dia — disse ela, copiando a voz da mãe. Mas ela soou tão tremendamente afetada que teve vergonha, e gaguejou como uma menininha: — Oh... ahn... vocês vieram para montar o toldo?

— Isso mesmo, senhorita — disse o mais alto deles, um sujeito esbelto e sardento; e ele mudou de posição a saca de ferramentas, empurrou o chapéu de palha e sorriu para ela. — É para isso mesmo.

Seu sorriso era tão franco, tão amistoso, que Laura se recompôs. Que belos olhos ele tem, pequenos, mas de um azul tão escuro! E agora olhou para os outros, que também sorriam. "Alegre-se, nós não mordemos!" Seu sorriso parecia dizer. Como eram agradáveis os trabalhadores! E que bela manhã! Não deveria mencionar a manhã; deveria se mostrar eficiente. O toldo.

— Bem, que tal no gramado de lírios? Ele serve?

E ela apontou para o gramado de lírios com a mão que não segurava o pão com manteiga. Eles se voltaram e olharam naquela direção. Um sujeitinho gordo esticou o lábio inferior, enquanto o alto franziu o sobrolho.

— Não acho boa ideia — disse ele. — Não está num lugar suficientemente visível. Sabe, com uma coisa como um toldo — e ele se virou para Laura com seu jeito desembaraçado —, você deve querer colocá-lo num local que se destaque bastante, se me entende.

A educação de Laura a fez perguntar-se, por um momento, se era respeitoso um trabalhador falar com ela de supetão assim, na sua cara. Mas ela entendeu o ponto de vista dele.

— Num canto da quadra de tênis — ela sugeriu. — Mas a banda vai tocar no canto oposto.

— Humm... você então terá uma banda? — disse outro trabalhador. Era pálido. Tinha um olhar desesperado ao perscrutar a quadra de tênis com os olhos escuros. No que estaria pensando?

— Uma bandinha muito pequena — disse Laura gentilmente. Talvez ele não se incomodasse tanto se a banda fosse muito pequena. Mas o sujeito alto interrompeu.

— Olhe aqui, senhorita, o lugar é este. De encontro àquelas árvores. Lá adiante. Vai servir bem.

Em frente às árvores *karakas*. Então elas ficariam escondidas. E eram tão lindas, com suas folhas largas, brilhantes, e seus cachos de frutos amarelos. Eram como árvores que você imaginasse crescendo numa ilha deserta, orgulhosas, solitárias, erguendo suas folhas e frutas ao sol numa espécie de silencioso esplendor. Deveriam ser escondidas por um toldo?

Deveriam. Já os homens haviam erguido aos ombros suas varas e se encaminhavam para o lugar. Só o homem alto permanecera. Estava curvado, arrancando um broto de alfazema e levou o polegar e o indicador ao nariz para cheirá-lo. Quando Laura viu este gesto, esqueceu tudo sobre as *karakas*, em sua surpresa por vê-lo se importar com coisas assim: o odor da lavanda. Quantos homens que conhecera teriam feito algo semelhante? Oh, como os trabalhadores eram extraordinariamente simpáticos — pensou. Por que não podia ter por amigos trabalhadores, em vez dos rapazes tolos com quem dançava e que vinham jantar aos domingos à noite? Ela se daria muito melhor com homens assim.

Tudo é por culpa — resolveu, enquanto o sujeito alto desenhou algo nas costas de um envelope, algo que ia ser lançado ao ar ou deixado pendurado — dessas distinções de classes. Bem, da parte dela, ela não o sentia. Nem um pouco, nem um átomo... E agora começaram os "plam-plam" dos martelos de madeira. Alguém assoviou, alguém cantou:
— Você está aí, companheiro? — "Companheiro!" — A camaradagem que havia nisso, a... a... — Só para provar como ela estava feliz, só para mostrar ao sujeito alto como ela se sentia à vontade, e como ela desprezava

convenções estúpidas, Laura deu uma grande mordida no seu pão com manteiga, fixando os olhos no pequeno desenho. Sentia-se exatamente como uma jovem trabalhadora.

— Laura, Laura, onde você está? Telefone, Laura! — gritou uma voz da casa.

— Estou indo! — partiu deslizando sobre o gramado, subiu a alameda e a escada, atravessou a varanda e entrou no vestíbulo. No saguão, seu pai e Laurie escovavam seus chapéus, prontos para partir para o escritório.

— Digo-lhe, Laura — falou Laurie muito depressa —, você poderia dar uma olhadela no meu casaco antes desta tarde. Veja se precisa ser passado.

— Eu o farei — ela disse. De repente, não conseguiu se conter. Correu para Laurie e lhe deu um pequeno e rápido abraço.

— Oh, adoro festas, e você, gosta? — ofegou Laura.

— Bas-tante — falou a voz quente e masculina de Laurie, e ele também abraçou sua irmã, dando-lhe um gentil empurrão. — Corra para o telefone, meninona.

O telefone.

— Sim, sim; oh, sim. Kitty? Bom dia, querida. Vem para o almoço? Oh, venha, querida. Encantada, claro. Vai ser uma refeição muito improvisada — só crostas de sanduíche, lascas de suspiro e o que sobrou. Sim, não está uma manhã perfeita? Aquele branco? Certamente, eu o usaria. Um momento, não desligue. Mamãe está me chamando. — E Laura se reclinou. — O quê, mamãe? Não consigo ouvi-la.

A voz da sra. Sheridan voou escadas abaixo. — Diga-lhe que venha com aquele belo chapéu que ela usou no domingo passado.

— Mamãe está dizendo para você usar aquele belo chapéu que usou no domingo passado. Bem. Uma hora. Tchau.

Laura pousou o fone, atirou os braços sobre a cabeça, inspirou profundamente, espreguiçou-se, e deixou pender os braços. — Huh — suspirou, e no momento seguinte ao suspiro se sentou depressa. Ficou tranquila, ouvindo. Todas as portas da casa pareciam estar abertas. A casa estava viva, com passos suaves e rápidos e constantes vozes. A porta oscilatória recoberta de baeta verde, que levava às regiões da cozinha, abriu-se e se fechou com um som abafado. E agora lhe chegou um som prolongado, de absurdo soluço. Era o pesado piano sendo retirado de cima de seus rígidos rodízios. Mas o ar! Se você parasse para observar, o ar era assim? Leves brisas brincavam de pegar no alto das janelas, no exterior das portas. Havia duas pequeninas manchas de sol, uma no tinteiro, uma na moldura para fotografia de prata, que também brincavam. Queridas pequeninas manchas. Especialmente a da tampa do tinteiro. Estava bastante quente. Uma pequena estrela de prata. Ela poderia tê-la beijado.

O sino da porta dianteira soou, e também o farfalhar da saia estampada de Sadie nas escadas. Uma voz masculina murmurou; Sadie respondeu, descuidada:

— Tenho certeza de que não sei. Espere. Vou perguntar à sra. Sheridan.

— Que é, Sadie? — Laura entrou no saguão.

— É o florista, srta. Laura.

Era ele, sem dúvida. Ali, do lado interno da porta, havia uma bandeja ampla, rasa, cheia de vasos de lírios cor-de-rosa. De nenhum outro tipo. Nada além de lírios — lírios de Caiena, grandes flores rosas, totalmente abertas, radiantes, quase assustadoramente vivas nas suas hastes de carmim vivo.

— Oh-oh, Sadie! — disse Laura, e o som era como uma baixa lamúria. Ela se reclinou, como se para se esquentar no calor dos lírios; ela sentiu que eles estavam nos seus dedos, nos seus lábios, crescendo em seu peito.

— Há aqui algum erro — falou, desalentada. — Ninguém encomendou tantas. Sadie, vá procurar mamãe.

Mas, neste momento, a sra. Sheridan chegou perto delas.

— Está correto — ela disse calmamente. — Sim, eu as encomendei. Não são lindas? — Ela apertou o braço de Laura. — Passei pela loja ontem e as vi na vitrine. E de repente pensei que, ao menos uma vez na vida, terei muitos lírios de Caiena. A festa no jardim vai ser uma boa desculpa.

— Mas achava que você tinha dito que não ia interferir — disse Laura. Sadie saíra. O florista ainda estava na rua, na camioneta. Ela rodeou o pescoço da mãe com os braços e suave, muito suavemente, mordeu-lhe a orelha.

— Minha querida filha, você não gostaria de ter uma mãe lógica, gostaria? Não faça isso. Aí está o rapaz.

Ele trouxe ainda mais lírios, toda uma bandeja.

— Empilhe-as do lado de dentro da porta, de ambos os lados do vestíbulo, por favor — disse a sra. Sheridan. — Concorda, Laura?

— Oh, claro, mamãe.

Na sala de estar, Meg, Jose e o pequeno Hans haviam finalmente conseguido mover o piano.

— Agora, se empurrarmos este sofá de encontro à parede, e tirarmos tudo da sala, exceto as cadeiras, não acha?

— Perfeito.

— Hans, leve essas mesas para o fumador, e traga uma vassoura para tirar essas manchas do tapete e — espere um momento, Hans — Jose adorava dar ordens aos empregados, e eles adoravam obedecer-lhe. Ela sempre os fazia sentir que estavam atuando em algum drama. — Diga a mamãe e à srta. Laura para virem aqui imediatamente.

— Muito bem, srta. Jose.

Ela se voltou para Meg.

— Quero ver como está o som do piano, só em caso de me pedirem para cantar hoje à tarde. Vamos tentar de novo "Esta vida é cansativa".

Pom! Tá-ta-ta Ti-ta! O piano irrompeu tão apaixonadamente que o rosto de Jose se transformou. Ela bateu palmas. Olhou dolorosa e enigmaticamente para a mãe e Laura, quando elas entraram.

Esta Vida é Cansa-*tiva,*
Uma Lágrima — um Suspiro.
Um Amor que se Trans-*forma,*

> *Esta Vida é* Cansa-*tiva,*
> *Uma Lágrima — um Suspiro.*
> *Um Amor que se* Trans-*forma,*
> *E então… Adeus!*

Mas à palavra "adeus", e embora o piano soasse mais desesperado do que nunca, o rosto dela mostrou um sorriso brilhante, terrivelmente desaprovador.

— Não estou com uma boa voz, mamãezinha? — prorrompeu ela.

> *Esta Vida é* Cansa-*tiva,*
> *A Esperança vem para Morrer.*
> *Um Sonho — depois* Acor-*dar.*

Mas agora Sadie as interrompeu.

— O que é, Sadie?

— Por favor, madame, a cozinheira pergunta se a senhora tem as bandeirinhas para pôr nos sanduíches.

— As bandeirinhas para os sanduíches, Sadie? — ecoou a sra. Sheridan, como num sonho. E as filhas viram, por sua expressão, que ela não as tinha. — Deixe-me ver. — E falou firmemente com Sadie: — Diga à cozinheira que eu as entregarei em dez minutos.

Sadie se foi.

— Bem, agora, Laura — disse sua mãe depressa —, venha comigo até o fumador. Tenho os nomes em algum lugar, atrás de um envelope. Você vai ter de escrever para mim. Meg, vá lá em cima um minuto e tire esta coisa úmida da cabeça. Jose, corra e vá terminar de se vestir agora. Estão me ouvindo, crianças, ou terei de dizer a seu pai quando ele voltar para casa de noite? E… e Jose, tranquilize a cozinheira se você for até a cozinha, está bem? Estou assustada com ela esta manhã.

O envelope foi finalmente encontrado atrás do relógio da sala de jantar, embora a sra. Sheridan não pudesse imaginar como tinha ido parar lá.

— Uma de vocês, crianças, deve tê-lo tirado da minha bolsa, porque eu me lembro vividamente — requeijão com geleia de limão. Foram vocês?

— Fomos.

— Ovos e... — a sra. Sheridan segurou o envelope longe dos olhos. — Parecem camundongos. Não podem ser camundongos, podem?

— Azeitona, meu bem — disse Laura, olhando por sobre o ombro da mãe.

— É claro, azeitona. Como soa terrível a combinação. Ovos e azeitona.

Finalmente terminaram, e Laura as levou para a cozinha. Encontrou ali Jose, tranquilizando a cozinheira, que não parecia nem um pouco apavorante.

— Nunca vi sanduíches tão primorosos — disse a voz exaltada de Jose. — Quantos tipos de sanduíches você disse que fez, cozinheira? Quinze?

— Quinze, srta. Jose.

— Bem, cozinheira, parabéns.

A cozinheira varreu as crostas com a comprida faca de cortar sanduíches, e deu um sorriso largo.

— A Godber's chegou — anunciou Sadie, saindo da despensa. Ela vira o entregador passando pela janela.

Isto significava que as bombas de creme haviam chegado. Godber's era famoso por suas bombas de creme. Ninguém jamais cogitara fazê-las em casa.

— Traga-as para dentro e as coloque sobre a mesa, minha menina — ordenou a cozinheira.

Sadie as trouxe e voltou para a porta. É claro que Laura e Jose estavam crescidas demais para realmente se importarem com essas coisas. De todo modo, não podiam deixar de concordar que as bombas pareciam muito atraentes. Muito. A cozinheira começou a arrumá-las, retirando o excesso de glacê.

— Elas não lhe trazem saudade de todas as festas de antigamente? — perguntou Laura.

— Imagino que sim — disse a prática Jose, que jamais gostara de sentir saudades do passado. — Elas parecem maravilhosamente leves e fofas, devo dizer.

— Comam uma, minhas queridas — disse a cozinheira, na sua voz reconfortante. — Sua mãe nunca saberá.

Oh, impossível. Imagine bombas de creme tão cedo, logo depois do café. Só a ideia fazia estremecer. De todo modo, dali a dois minutos Jose e Laura estavam lambendo os dedos, com aquele olhar absorto, voltado para dentro, que só o creme chantilly pode provocar.

— Vamos até o jardim pela porta dos fundos — sugeriu Laura. — Quero ver como está ficando a montagem do toldo pelos trabalhadores. São pessoas tão tremendamente simpáticas.

Mas a porta dos fundos estava bloqueada pela cozinheira, Sadie, o entregador da Godber's e Hans.

Algo acontecera.

— Tuque-tuque-tuque — cacarejou a cozinheira, como uma galinha agitada. Sadie apertou a mão espalmada no rosto, como se tivesse dor de dente. O rosto de Hans estava contraído, no esforço de entender. Apenas o entregador da Godber's parecia estar se divertindo; era a sua história.

— Que aconteceu? Que aconteceu?

— Aconteceu um acidente horrível — disse a cozinheira. — Um homem foi assassinado.

— Um homem assassinado! Onde? Como? Quando?

Mas o entregador da Godber's não ia deixar que lhe arrancassem a história bem debaixo do seu nariz.

— Conhece aqueles bangalôs logo ali embaixo, senhorita? Conhece-os? — Claro, ela os conhecia. — Bem, havia um sujeito jovem que vivia ali chamado Scott, um carreteiro. O cavalo dele se espantou com um trator, na esquina da rua Hawke, hoje de manhã, e ele foi atirado longe, batendo com a parte de trás da cabeça no chão. Morreu.

— Morreu! — Laura fitou o entregador da Godber's.

— Morreu quando o suspenderam — disse o entregador da Godber's, com satisfação. — Estavam levando o corpo até em casa, quando eu vinha para cá. — E ele falou com a cozinheira: — Ele deixou mulher e cinco filhos.

— Jose, venha cá. — Laura agarrou a manga da irmã e a arrastou pela cozinha, do outro lado da porta recoberta de baeta verde. Ali se deteve e se recostou na porta. — Jose! — disse, horrorizada. — Definitivamente, temos de parar tudo!

— Parar tudo, Laura! — gritou Jose surpreendida. — O que você quer dizer?

— Parar a festa no jardim, é claro. — Por que Jose fingia?

Mas Jose estava ainda mais surpresa.

— Parar a festa no jardim? Minha querida Laura, não seja tão absurda. Claro que não podemos fazer nada disso. Ninguém espera que o façamos. Não seja tão extravagante.

— Mas não podemos, de modo algum, ter uma festa ao ar livre com um homem morto logo ali fora do portão da frente.

Isto era realmente extravagante, pois os pequenos bangalôs ficavam numa viela própria, bem ao final de uma subida íngreme que levava até a casa. Uma ampla rua separava as duas. É verdade, estavam próximos demais. Eram o maior monstrengo possível, e não tinham qualquer direito de estar naquela vizinhança. Eram pequenas moradias humildes, pintadas de cor de chocolate. Nos quintais só havia pés de repolho, galinhas doentes e latas vazias. A própria fumaça que saía das chaminés era marcada pela pobreza: pequenos fios esgarços de fumaça, tão diferentes das colunas prateadas que se desdobravam das chaminés dos Sheridan. Lavadeiras habitavam a viela, varredores e um remendão, além de um homem cuja casa tinha a fachada toda enfeitada de minúsculas gaiolas.

Crianças abundavam. Quando os Sheridan eram pequenos, eram proibidos de pôr o pé lá, devido à revoltante linguagem e às doenças que poderiam pegar. Mas desde que haviam crescido, Laura e Laurie, em suas rondas, algumas vezes atravessavam a viela. Era revoltante e sórdido. Saíam de lá com um estremecimento. Mas ainda assim, era preciso ir lá; era preciso ver tudo. Assim, por ali passavam.

— E pense só em como soaria a banda para aquela pobre mulher — disse Laura.

— Oh, Laura! — Jose começou a ficar seriamente aborrecida. — Se você fizer uma banda parar de tocar cada vez que alguém tiver um acidente, vai ter uma vida bem extenuante. Sinto exatamente a mesma tristeza que você. Sinto a mesma compaixão. — Os olhos dela se endureceram. Olhava para a irmã exatamente da forma costumeira, quando eram pequenas e brigavam. — Você não vai trazer de volta à vida um trabalhador bêbado só por ser sentimental — disse suavemente.

— Bêbado! Quem disse que ele estava bêbado? — Laura se voltou furiosa para Jose. Ela falou exatamente como era do hábito delas em ocasiões semelhantes: — Vou agora mesmo contar para mamãe.

— Faça-o, querida — murmurou Jose.

— Mamãe, posso entrar no seu quarto? — Laura virou a grande maçaneta de vidro.

— Claro, filha. Por quê, qual é o problema? O que a fez ficar com esta cor? — E a sra. Sheridan se voltou, na sua penteadeira. Ela estava experimentando um novo chapéu.

— Mamãe, um homem foi morto — começou Laura.

— *Não* foi no jardim? — interrompeu sua mãe.

— Oh, não!

— Oh, que susto você me deu! — a sra. Sheridan suspirou com alívio, retirou o grande chapéu e o colocou sobre os joelhos.

— Mas ouça, mamãe — disse Laura. Arfante, quase engasgando, ela lhe contou a horrível história. — Claro que não podemos ter nossa festa, podemos? — implorou. — A banda e todo mundo chegando. Eles nos ouvirão, mamãe; são quase vizinhos!

Para a perplexidade de Laura, sua mãe se comportou exatamente como Jose; era mais difícil de suportar, porque ela pareceu achar engraçado. Recusou-se a levar Laura a sério.

— Mas, minha querida filha, use seu bom senso. Foi só por acaso que soubemos disso. Se alguém morresse ali normalmente — e não sei como podem se manter vivos naqueles pequenos buracos acanhados —, ainda assim teríamos nossa festa, não é verdade?

Laura teve que dizer "sim" a isso, mas sentia que estava errado. Ela se sentou no sofá da mãe e ficou beliscando as franjas da almofada.

— Mamãe, não é mesmo terrivelmente insensível de nossa parte? — perguntou.

— Querida! — a sra. Sheridan se levantou e caminhou até ela, carregando seu chapéu. Antes que Laura pudesse detê-la, ela já o atirara sobre sua cabeça. — Minha filha! — disse ela. — O chapéu é seu. Fica perfeito em você. Fica jovem demais para mim. Nunca a vi tão parecida com um quadro. Olhe para você! — e ela lhe mostrou seu espelho de mão.

— Mas, mamãe — Laura recomeçou. Não conseguia olhar para si mesma; desviou-se.

Desta vez, a sra. Sheridan perdeu a paciência, exatamente como ocorrera com Jose.

— Você está se comportando de maneira absurda, Laura — disse friamente. — Pessoas desse tipo não esperam sacrifícios de nossa parte. E não é muito simpático estragar a diversão de todo mundo, como você está fazendo agora.

— Não compreendo — disse Laura, e saiu rapidamente do quarto de sua mãe, indo para o seu. Lá, bem por acaso, a primeira coisa que viu foi aquela encantadora moça no espelho, usando o chapéu negro guarnecido com margaridas douradas, e uma longa fita negra de veludo. Nunca imaginara que poderia ficar com tal aparência. A mamãe terá razão? — pensou. E agora desejava que sua mãe estivesse certa. Estarei sendo exagerada? Talvez fosse exagerada. Apenas por um momento teve um lampejo daquela pobre mulher e seus filhinhos, e o corpo sendo carregado para dentro da casa. Mas tudo parecia borrado, irreal, como uma fotografia num jornal. Eu me lembrarei de novo quando a festa acabar — resolveu. E de alguma forma achou que era o melhor plano...

O almoço terminara à uma e meia. Às duas e meia estavam todos prontos para a refrega. Chegara a banda encasacada de verde e se alinhara a um canto da quadra de tênis.

— Minha querida! — trinou Kitty Maitland. — Eles não se parecem direitinho com sapos? Você deveria tê-los disposto em redor do lago, com o maestro no meio, em cima de uma folha.

Laurie chegou e os saudou em seu caminho para vestir-se. Ao vê-lo, Laura se lembrou novamente do acidente. Ela queria lhe contar. Se Laurie concordasse com os outros, então estaria tudo bem. Ela o seguiu até o saguão.

— Laurie!

— Alô! — estava a meio caminho da escada, mas quando se voltou e viu Laura, de repente encheu as bochechas de ar e esbugalhou os olhos para ela. — Palavra, Laura! Você está realmente deslumbrante — disse Laurie. — Que chapéu absolutamente fantástico!

Laura perguntou fracamente:

— É mesmo? — e sorriu para Laurie, e afinal não lhe falou.

Logo depois, as pessoas começaram a chegar em magotes. A banda atacou a música; os garçons contratados correram da casa para o toldo. Onde quer que você olhasse, havia casais passeando, se curvando para as flores, cumprimentando, caminhando sobre o gramado. Eram como pássaros brilhantes que houvessem pousado no jardim dos Sheridan para esta tarde única, em seu caminho para — onde? Ah, que felicidade é se estar com pessoas que são todas tão felizes, apertar as mãos, apertar faces, sorrir dentro dos olhos.

— Querida Laura, como você está bonita!

— Como o chapéu lhe assenta bem, menina!

— Laura, você parece exatamente uma espanhola. Nunca a vi com uma aparência tão marcante.

E Laura, deslumbrante, respondia suavemente: — Já tomaram chá? Não querem um sorvete? Os sorvetes de maracujá estão realmente especiais.

— Ela correu para o pai e lhe implorou: — Papai querido, a banda não pode beber alguma coisa?

E a tarde perfeita amadureceu, lentamente feneceu, suavemente fechou as suas pétalas.

— Nunca tive uma festa ao ar livre tão agradável... O maior sucesso... Realmente, a mais...

Laura ajudava a mãe com as despedidas. Puseram-se lado a lado no vestíbulo, até que tudo terminou.

— Terminou, terminou, graças aos céus — disse a sra. Sheridan. — Arrebanhe os outros, Laura. Vamos tomar um pouco de café fresco. Estou exausta. Sim, foi um grande sucesso. Mas, oh, essas festas, essas festas! Por que vocês, meninas, insistem em dar essas festas! — E todos eles se sentaram embaixo do toldo, agora deserto.

— Coma um sanduíche, papai querido. Eu escrevi a bandeirinha.

— Obrigado. — O sr. Sheridan deu uma mordida, e o sanduíche se foi. Pegou outro. — Imagino que não tenham ouvido falar de um brutal acidente que aconteceu hoje? — perguntou.

— Meu querido — disse a sra. Sheridan, levantando a mão —, ouvimos. Quase arruinou a festa. Laura insistia em adiá-la.

— Oh, mamãe! — Laura não queria que implicassem com ela a respeito.

— Foi um caso terrível, de qualquer jeito — disse o sr. Sheridan. — O sujeito era casado, sabem. Vivia pouco abaixo na viela, e deixou mulher e meia dúzia de filhos, conforme contam.

Um incômodo e rápido silêncio se abateu. A sra. Sheridan bulia com a xícara. Realmente, era muita falta de tato do pai...

Repentinamente ela ergueu os olhos. Ali sobre a mesa havia aqueles sanduíches, bolos, bolinhos, todos intocados, que seriam jogados fora. Teve então uma de suas brilhantes ideias.

— Já sei — disse ela. — Vamos fazer uma cesta. Vamos mandar para aquela pobre criatura um pouco desta comida em perfeito estado. De qualquer modo, será a maior alegria para as crianças. Não concordam? E ela tinha certeza de que os vizinhos receberiam visitas. Que grande ideia ter tudo preparado. Laura! — Levantou-se de um salto. — Tire a cesta grande do armário debaixo da escada.

— Mas, mamãe, você acha realmente que é uma boa ideia? — disse Laura.

De novo, que curioso, ela parecia ser diferente dos outros. Levar restos de sua festa. A pobre mulher realmente gostaria disso?

— Claro! O que se passa com você hoje? Faz uma ou duas horas você insistia em que tivéssemos compaixão, e agora...

Oh, bem! Laura correu para buscar a cesta. Foi enchida, foi abarrotada por sua mãe.

— Leve você mesma, querida — disse ela. — Corra lá, vestida exatamente como está. Não, espere, leve os copos-de-leite também. As pessoas desta classe ficam tão impressionadas com copos-de-leite.

— Os caules vão arruinar o vestido de renda dela — disse a prática Jose.

É verdade. Bem a tempo.

— Só a cesta, então. E, Laura! — sua mãe seguiu-a fora do toldo — De nenhum modo não...

— O quê, mãe?

Não, é melhor não pôr tais ideias na cabeça da menina — Nada! Corra.

Estava começando a cair a penumbra quando Laura fechou os portões do jardim. Um grande cão correu como uma sombra. A rua brilhava branca, e mais abaixo, na escuridão, os pequenos bangalôs estavam imersos em total penumbra. Como tudo parecia silencioso, depois daquela tarde. Ali estava ela descendo o morro em direção a um lugar onde um homem jazia morto, e não conseguia percebê-lo. E por que não? Ela se deteve um minuto. E lhe pareceu que beijos, vozes, colheres tilintando, riso, o cheiro da grama esmigalhada de algum modo estavam dentro dela. Não tinha lugar para nada mais. Que estranho! Ela ergueu os olhos para o céu pálido, e tudo que pensou foi: — Sim, foi uma festa totalmente bem-sucedida!

Agora atravessou a rua larga. Começou a viela, esfumaçada e escura. Mulheres com xales e homens com chapéus de lã passavam apressados. Os homens se apoiavam nas cercas; crianças brincavam à entrada das casas. Um sussurro baixo vinha dos pequenos bangalôs insignificantes. Em alguns deles havia um lampejo de luz, e uma sombra, semelhante a um caranguejo, se movia pela janela. Laura curvou a cabeça, apressando-se. Agora desejava ter vestido um casaco. Como brilhava seu vestido! E o grande chapéu com a fita de veludo — se ao menos fosse um outro chapéu! Estariam as pessoas olhando para ela? Deviam estar. Era um erro ter vindo; sabia o tempo todo que era um erro. Deveria voltar, mesmo que fosse agora?

Não, era tarde demais. Ali estava a casa. Devia ser. Havia um amontoado escuro de pessoas de pé no exterior. Ao lado do portão, uma velha muito idosa estava sentada numa cadeira com uma muleta, observando. Tinha os pés pousados num jornal. As vozes pararam quando Laura se aproximou. O grupo se dividiu. Era como se ela fosse esperada, como se soubessem que ela viria.

Laura estava terrivelmente nervosa. Atirando a fita de veludo por sobre o ombro, disse para uma mulher que estava de pé ali junto: — Esta é a casa da sra. Scott? — e a mulher, sorrindo de forma estranha, disse:

— É, minha menina.

Oh, fugir daquilo! Ela disse, realmente: "Ajude-me, Deus", ao subir a estreita alameda e bater. Fugir daqueles olhos fixos, ou estar envolta em alguma coisa, até mesmo num daqueles xales das mulheres. Vou só deixar a cesta e sair, decidiu. Nem mesmo vou esperar que a esvaziem.

Então a porta se abriu. Uma pequena mulher de negro apareceu na escuridão.

Laura disse:

— A senhora é a sra. Scott? — Mas para seu horror, a mulher respondeu:

— Entre, por favor, senhorita. — E ela se viu no corredor.

— Não — disse Laura —, não quero entrar. Só quero lhe deixar esta cesta. Mamãe mandou...

A mulherzinha no corredor escuro parecia não tê-la ouvido. — Passe deste lado, senhorita — ela falou, numa voz untuosa, e Laura a seguiu.

Ela se encontrou numa ignóbil cozinha baixa, iluminada por um lampião fumarento. Uma mulher estava sentada diante do fogo.

— Em... — falou a pequena criatura que a deixara entrar. — Em! É uma jovem. — Ela se voltou para Laura. Disse significativamente: — Sou a irmã dela, senhorita. Vai desculpá-la, não é?

— Oh, mas claro! — disse Laura. — Por favor, por favor, não a perturbe. Eu... eu só quero partir...

Mas neste momento a mulher perto do fogo se virou. Seu rosto, inchado, vermelho, com olhos e lábios intumescidos, tinham uma aparência terrível. Ela parecia não conseguir compreender por que Laura estava ali. O que significava aquilo? Por que aquela estranha estava de pé na cozinha com uma cesta? Qual era o sentido daquilo tudo? E o pobre rosto se contraiu novamente.

— Está bem — disse a outra. — Eu agradecerei à jovem.

E de novo ela começou:

— Você vai "desculpar ela", senhorita, tenho certeza — e seu rosto, inchado também, tentou um sorriso untuoso.

Laura só queria partir, fugir. Viu-se de novo no corredor. A porta se abriu. Ela deu direto no quarto onde o morto jazia.

— Você gostaria de olhá-lo, não é? — falou a irmã de Em, e se precipitou além de Laura, até a cama. — Não tenha medo, minha menina — e agora sua voz parecia agradável e dissimulada — e, prazerosamente, puxou o lençol — ele parece um quadro. Não há nada para ver. Venha aqui, minha querida.

Laura foi.

Ali jazia um jovem, profundamente adormecido — dormindo tão profunda, tão perfeitamente, que estava longe, longe delas duas. Oh, tão remoto, tão pacífico. Estava sonhando. Nunca mais o acorde. Sua cabeça estava afundada no travesseiro, os olhos fechados; estavam cegos sob as pálpebras fechadas. Estava entregue a seu sonho. Que lhe importavam festas ao ar livre, e cestas e vestidos de renda? Estava longe de todas essas coisas. Estava belo, maravilhoso. Enquanto riam e a banda tocava, este prodígio chegara à viela. Feliz... feliz... Tudo está bem, dizia aquele rosto adormecido. É exatamente como deveria ser. Estou contente.

Mas ao mesmo tempo você tinha que chorar, e ela não podia sair do quarto sem dizer algo a ele. Laura soluçou alto como uma criança.

— Perdoe meu chapéu — disse ela.

E desta vez ela não esperou pela irmã de Em. Encontrou o caminho porta afora, alameda abaixo, para além daquelas pessoas escuras. No canto da viela, encontrou Laurie.

Ele saiu da sombra.

— É você, Laura?

— É.

— Mamãe estava ficando nervosa. Foi tudo bem?

— Sim, tudo bem. Oh, Laurie! — Ela lhe tomou o braço, apertou-se de encontro a ele.

— Eu lhe pergunto se você não está chorando, está? — perguntou seu irmão.

Laura balançou a cabeça, negando. Estava.

Laurie abraçou o ombro dela.

— Não chore — falou, com sua voz morna e amorosa. — Foi horrível?

— Não — soluçou Laura. — Foi simplesmente maravilhoso. Mas, Laurie... — Ela se deteve, e olhou para o irmão. — A vida não é — gaguejou —, a vida não é... — Mas o que a vida era, foi incapaz de explicar. Não importava. Ele compreendeu.

— *Não é mesmo*, querida? — disse Laurie.

As filhas do falecido coronel

I

A semana seguinte foi uma das mais ocupadas de suas vidas. Mesmo quando iam dormir, apenas seus corpos se deitavam e descansavam; seu pensamento continuava arquitetando coisas, discutindo, indagando, decidindo, tentando se lembrar onde…

Constantia se deitava como uma estátua, as mãos estendidas ao longo do corpo, os pés pousados um sobre o outro, o lençol puxado até o queixo. Fixava o teto.

— Você acha que papai se importaria se déssemos sua cartola ao carregador?

— Ao carregador? — irrompeu Josephine. — Por que então ao carregador? Que ideia mais extraordinária!

— Porque — respondeu Constantia lentamente — ele deve ter de comparecer a muitos enterros. E notei que… que, no cemitério, ele usava um chapéu-coco. — Ela se deteve. — Pensei então como ele apreciaria ter uma cartola. Precisamos também lhe dar um presente. Sempre foi muito bom para papai.

— Mas — exclamou Josephine, remexendo-se no travesseiro e olhando, no escuro, para Constantia — a cabeça de papai! — E repentinamente, por um terrível momento, quase riu baixinho. Não, é claro, que ela estivesse sentindo a menor vontade de rir. Deve ter sido o hábito. Há anos, quando ficavam acordadas, conversando à noite, suas camas simplesmente se agitavam. E agora a cabeça do carregador, depois de desaparecer, ressurgia, como uma vela, debaixo do chapéu de papai… O risinho crescia, crescia; ela apertava as mãos; lutava para se controlar; franzia ferozmente o cenho no escuro e dizia "Lembre-se" com terrível seriedade.

— Podemos decidir amanhã — disse ela.

Constantia não reparara nada; suspirou.

—Você não acha que devemos tingir também nossas camisolas?

— De preto? — quase gritou Josephine.

— Bem, de que mais poderia ser? — disse Constantia. — Eu estava pensando — não parece muito sincero, de certo modo, usar luto na rua, quando estamos vestidas para sair, e depois, quando estamos em casa...

— Mas ninguém nos vê — disse Josephine. Deu um tal puxão nas roupas de cama, que ambos os pés se descobriram, e ela teve de escorregar travesseiro acima para cobri-los bem novamente.

— Kate nos vê — disse Constantia. — E o carteiro pode muito bem nos ver.

Josephine pensou nos seus chinelos vermelho-escuro, que combinavam com sua camisola, e dos chinelos favoritos de Constantia, de um verde indefinido, que combinavam com a dela. Preto! Duas camisolas negras e dois pares de chinelos de lã negros, arrastando-se para o banheiro como gatos pretos.

— Não creio que seja absolutamente necessário — ela disse.

Silêncio. Então Constantia disse:

— Teremos de enviar os papéis com o aviso de falecimento amanhã, para alcançar o correio do Ceilão... Quantas cartas recebemos até agora?

—Vinte e três.

Josephine respondera a todas, e vinte e três vezes, ao chegar a "Sentimos tanto a falta de nosso querido pai", se descontrolara e tivera de usar o seu lenço, algumas vezes a ponto de secar uma lágrima azul muito clara com a ponta do mata-borrão. Estranho! Ela não poderia tê-lo exagerado — mas vinte e três vezes. Mesmo agora, contudo, quando dizia a si mesma tristemente:"Sentimos *tanto* a falta de nosso querido pai", poderia chorar, se o desejasse.

—Você tem selos suficientes? — perguntou Constantia.

— Oh, como poderia saber? — disse Josephine zangada. — De que serve me perguntar isso agora?

— Só estava querendo saber — disse Constantia suavemente.

De novo, silêncio. Houve um pequeno esfregar, um raspar, um salto.

— Um camundongo — disse Constantia.

— Não pode ser um camundongo, porque não há crostas de comida — disse Josephine.

— Mas ele não sabe que não há — disse Constantia.

O coração dela se apertou com pena. Coitadinho! Desejou que tivesse deixado um pedacinho de biscoito na cômoda. Era horrível pensar que ele não encontraria nada. O que ele faria?

— Não consigo imaginar como eles conseguem sobreviver — disse ela, lentamente.

— Quem? — perguntou Josephine.

E Constantia falou mais alto do que pretendera:

— Os camundongos.

Josephine ficou furiosa.

— Oh, que absurdo, Con! — disse ela. — O que têm os camundongos a ver com isso? Você está com sono.

— Não creio que esteja — disse Constantia. Fechou os olhos para ter certeza. Estava.

Josephine arqueou a espinha, levantou os joelhos, dobrou os braços de forma que os pulsos ficaram debaixo das orelhas, e apertou a bochecha com força de encontro ao travesseiro.

II

Outra coisa que complicava a questão era terem hospedado a enfermeira Andrews naquela semana. A culpa era toda delas; elas é que a tinham convidado. Foi ideia de Josephine. Pela manhã — bem, na última manhã, quando o médico se fora, Josephine dissera a Constantia: — Você não acha que seria muito gentil convidarmos a enfermeira Andrews para ficar uma semana como nossa convidada?

— Muito gentil — disse Constantia.

— Pensei — continuou Josephine rapidamente — que deveria lhe dizer esta tarde, logo depois de lhe pagar: — Minha irmã e eu ficaríamos muito gratas, depois de tudo que fez por nós, enfermeira Andrews, se pudesse ficar conosco mais uma semana, como nossa convidada. — Eu teria de incluir isto de ser nossa convidada no caso de...

— Oh, mas ela dificilmente esperaria ser paga!

— Ninguém pode dizer ao certo — falou Josephine, com sabedoria.

A enfermeira Andrews, é claro, se atirou sobre a ideia. Mas foi um estorvo. Significava que tinham de ter refeições normais, sentadas à mesa e a horas certas, enquanto que, se estivessem sozinhas, poderiam apenas ter pedido a Kate se ela não se importaria de lhes levar uma bandeja onde quer que estivessem. E ter horas certas para refeições, agora que a tensão terminara, era uma verdadeira provação.

A enfermeira Andrews era simplesmente desagradável com relação a manteiga. Realmente, não podiam deixar de sentir que, pelo menos a respeito da manteiga, ela se aproveitava da bondade delas. E ela tinha aquele hábito enlouquecedor de pedir apenas um pedacinho mais de pão para terminar o que tinha no prato, e depois, no último bocado, de forma distraída — é claro que não estava distraída — voltar a se servir. Josephine ficava muito vermelha quando isso acontecia, e apertava seus pequenos olhos como contas na toalha, como se visse um minúsculo inseto estranho se arrastando por sua trama. Mas o rosto longo e pálido de Constantia se alongava e ficava carrancudo, e ela desviava os olhos para longe — longe — para o deserto, onde aquela fila de camelos se desdobrava como um novelo de lã...

— Quando eu estava com Lady Tukes — disse a enfermeira Andrews —, ela usava um pote tão delicado para a manteiga. Era um Cupido equilibrado na... na borda de um prato de vidro, segurando um garfinho. E quando você queria um pouco de manteiga, simplesmente apertava o pé dele, e o puxava para baixo, e ele soltava um pouco. Era bem divertido.

Josephine mal podia suportar aquilo. Mas "acho essas coisas muito extravagantes", foi seu único comentário.

— Mas por quê? — perguntou a enfermeira Andrews, dardejando o olhar através dos óculos. — Ninguém, é claro, pegaria mais manteiga do que queria — não é?

— Toque, Con — exclamava Josephine. Não poderia confiar na sua resposta.

E a orgulhosa e jovem Kate, a princesa encantada, entrava para ver o que as velhinhas desejavam agora. Arrancava-lhes da frente os pratos que fingiam alguma receita e lhes atirava um terrível pudim branco.

— Geleia, por favor, Kate — disse Josephine bondosamente.

Kate se ajoelhou e abriu com estrépito o guarda-louça, levantou a tampa do vidro de geleia, viu que estava vazio, colocou-o na mesa e partiu a grandes passadas.

— Temo — disse a enfermeira Andrews um minuto depois — que tenha acabado.

— Oh, que aborrecimento! — disse Josephine. Mordeu o lábio. — O que deveríamos fazer?

Constantia pareceu indecisa.

— Não podemos perturbar Kate novamente — disse ela, suavemente.

A enfermeira Andrews esperava, sorrindo para ambas. Seus olhos vagavam, espiando tudo por trás dos óculos. Constantia, em desespero, retornou a seus camelos. Josephine franziu muito o cenho — concentrou-se. Se não fosse por aquela estúpida mulher, ela e Con decerto teriam comido seu pudim sem geleia. Repentinamente, veio-lhe uma ideia.

— Já sei — disse ela. — Geleia cítrica. Há um pouco de geleia cítrica no guarda-louças. Pegue-a, Con.

— Espero — riu a enfermeira Andrews, e seu riso era como uma colher batendo de encontro a um copo de remédio —, espero que não seja geleia amarga.

III

Mas, afinal, não se passou muito tempo e ela partiu para sempre. E não havia como esquecer o fato de que ela fora muito boa para o pai. Ela cuidara dele noite e dia, no final. Sem dúvida, tanto Constantia quanto Josephine sentiam intimamente que ela exagerara ao não deixá-lo no último momento. Pois quando entraram para se despedirem, a enfermeira Andrews ficara sentada ao lado de sua cama o tempo todo, segurando seu pulso e fingindo olhar para o relógio. Isso não podia ser necessário. Era tão sem tato, também. Supondo-se que papai quisesse dizer algo — algo em particular para elas. Não que ele tivesse. Oh, longe disso! Ele estava lá deitado, rubro, de um púrpura escuro e zangado no rosto, e nunca nem mesmo olhara para elas quando elas entraram. Então, quando ficaram de pé ali, se perguntando o que deveriam fazer, de repente ele abrira um olho. Oh, que diferença teria feito, que diferença para a memória que guardavam dele, como teria sido mais fácil contar às pessoas, se ele apenas tivesse aberto os dois! Mas não — só um olho. Cintilou sobre elas um momento e depois... apagou-se.

IV

Elas ficaram muito constrangidas quando o sr. Farolles, da igreja de St. John's, as visitara naquela mesma tarde.

— O final foi bem pacífico, imagino? — foram as primeiras palavras que ele disse ao deslizar para a escura sala de estar.

— Muito — disse Josephine fracamente. Ambas penderam as cabeças. Ambas tinham certeza de que aquele olho não era de todo pacífico.

— Não quer se sentar? — perguntou Josephine.

— Obrigado, srta. Pinner — disse o sr. Farolles agradecido. Dobrou os rabos do casaco e começou a se abaixar na poltrona de papai, mas exatamente quando estava quase a tocá-la, saltou para a cadeira mais próxima.

Tossiu. Josephine juntou as mãos; Constantia parecia vaga.

— Quero que perceba, srta. Pinner — disse o sr. Farolles —, e a senhora, srta. Constantia, que estou tentando ser útil. Quero ser útil para ambas, se me permitirem. Esses são tempos — disse o sr. Farolles, com muita simplicidade e honestidade — em que Deus quer que sejamos úteis uns para os outros.

— Muito obrigada, sr. Farolles — disseram Josephine e Constantia.

— Não há de quê — disse o sr. Farolles gentilmente. Puxou as luvas de couro macio pelos dedos e se reclinou. — E se alguma das senhoritas quiser uma pequena comunhão, uma, ou ambas, aqui *e* agora, basta me dizer. Uma pequena comunhão é frequentemente muito út… — um grande conforto — acrescentou afetivamente.

Mas a ideia de uma pequena comunhão as aterrorizou. O quê! Na sala de estar, sozinhas — sem… sem nenhum altar, ou nada parecido! O piano ficaria alto demais, pensou Constantia, e o sr. Farolles não conseguiria de jeito nenhum se reclinar sobre ele com um cálice. E Kate certamente entraria espalhafatosa, interrompendo, pensou Josephine. E supondo que a campainha soasse bem no meio? Poderia ser alguém importante — ligado a seu luto. Elas se levantariam reverentemente e sairiam, ou teriam de esperar… numa tortura?

— Talvez possam enviar uma nota por sua boa Kate mais tarde, se o desejarem — disse o sr. Farolles.

— Oh, claro, muito obrigada! — ambas disseram.

O sr. Farolles se levantou e retirou seu chapéu de palha preto de cima da mesa redonda.

— Quanto ao enterro — disse com voz macia. — Posso arranjar isso — como velho amigo de seu querido pai e também seu, srta. Pinner — e srta. Constantia?

Josephine e Constantia também se ergueram.

— Gostaria que fosse bem simples — disse Josephine com firmeza — e não muito dispendioso. Ao mesmo tempo, gostaria…

— Um enterro bom, que dure bastante — pensou, sonhadora, Constantia, como se Josephine estivesse comprando uma camisola. Mas claro que Josephine não falou isso. — Um que fosse adequado à posição de papai. — Estava muito nervosa.

—Vou correndo até nosso bom amigo, o sr. Knight — disse o sr. Farolles, confortador. — Vou lhe pedir que venha vê-las. Tenho certeza de que o acharão muito prestativo, sem dúvida nenhuma.

V

Bem, de qualquer modo, toda essa parte da coisa tinha acabado, embora nenhuma delas pudesse de algum modo conceber que papai nunca voltaria. Josephine tivera um momento de absoluto terror no cemitério, enquanto baixavam o caixão, ao pensar que ela e Constantia fizeram aquilo sem lhe pedir autorização. O que papai diria quando descobrisse? Pois ele certamente o descobriria, mais cedo ou mais tarde. Sempre o fazia. — Enterrado. Vocês duas, meninas, me *enterraram*! — Ouvia sua bengala batendo, ritmada. Oh, o que elas diriam? Que desculpa possível lhe dariam? Parecia uma coisa tão assustadoramente insensível para fazer. Tirar uma vantagem tão perversa de uma pessoa, só porque ela, por acaso, se encontrava indefesa no momento. As outras pessoas pareciam tratar tudo aquilo como algo natural. Eram estranhas; não se poderia esperar que compreendessem que papai era a última pessoa a quem uma coisa assim pudesse ocorrer. Não, a culpa de tudo recairia nela e em Constantia. E os gastos, pensou ela, entrando no táxi impecável. Quando tivesse de lhe mostrar as contas. O que ele diria, então?

Ela o ouviu reagir ruidosamente:

— E você espera que eu pague por esta sua droga de excursão?

— Oh — gemeu alto a pobre Josephine —, nós não deveríamos ter feito isso, Con!

E Constantia, pálida como um limão naquela escuridão toda, disse, num suspiro assustador:

— Feito o quê, Jug?

— Deixá-los en-enterrar papai assim — disse Josephine, descontrolando-se e chorando no seu novo lenço de luto, de cheiro estranho.

— Mas que mais poderíamos ter feito? — perguntou Constantia surpreendida. — Não poderíamos ter ficado com ele, Jug — não poderíamos tê-lo deixado sem enterro. De qualquer modo, não num apartamento deste tamanho.

Josephine assoou o nariz; o táxi estava terrivelmente abafado.

— Não sei — falou desalentadamente. — Tudo isso é tão terrível. Sinto que deveríamos ter tentado, ao menos uma vez. Para ter certeza absoluta. Uma coisa é certa — e suas lágrimas saltaram novamente — papai nunca vai nos perdoar por isso — nunca!

VI

Papai nunca as perdoaria. Era isso que sentiam mais do que nunca quando, duas manhãs depois, entraram no quarto dele para selecionar suas coisas. Tinham discutido calmamente o assunto. Até estava na lista de coisas para Josephine fazer: *Selecionar as coisas de papai e tomar providências*. Mas isso era algo muito diferente que dizer após o café da manhã:

— Bem, você está pronta, Con?

— Estou, Jug — quando você estiver.

— Então acho que seria melhor acabarmos logo com isso.

Estava escuro no saguão. Fora uma regra, durante anos, nunca perturbar papai de manhã, não importa o que acontecesse. E agora iam abrir a porta sem nem mesmo bater... Os olhos de Constantia arregalaram-se com a ideia; Josephine sentiu-se fraquejar nos joelhos.

— Você... você vai na frente — ofegou, empurrando Constantia.

Mas Constantia disse, como costumava fazer nessas ocasiões:

— Não, Jug, isto não é justo. Você é a mais velha.

Josephine ia só dizer — o que noutros tempos não ousaria admitir nem em troca do mundo todo — o que mantivera em segredo, como última arma. — Mas você é mais alta — quando notaram que a porta da cozinha se abrira, e lá estava Kate de pé...

— Muito dura — disse Josephine, agarrando a maçaneta da porta e fazendo força para abri-la. Como se alguma coisa pudesse enganar Kate!

Não poderiam fazer nada. Aquela moça era... Então a porta se fechou atrás delas, mas — mas elas não estavam de todo no quarto de papai. Poderiam ter atravessado momentaneamente, por engano, a parede, e entrado num apartamento totalmente diferente. A porta estava exatamente atrás delas? Estavam assustadas demais para olhar. Josephine sabia que, se estivesse fechada, ficaria hermeticamente lacrada; Constantia sentia que, como as portas dos sonhos, não tinha nenhuma maçaneta. Era a frieza que tornava tudo tão terrível. Ou a brancura — qual? Tudo estava coberto. As cortinas estavam baixadas, um pano cobria o espelho, um lençol escondia a cama; um grande leque de papel branco tapava a lareira. Constantia timidamente esticou a mão; quase esperava que um floco de neve caísse. Josephine sentiu uma estranha comichão no seu nariz, como se ele estivesse congelando. Então um táxi passou com estrépito por sobre os paralelepípedos lá embaixo, e a tranquilidade pareceu se estraçalhar em mil pedaços.

— É melhor eu levantar uma cortina — disse Josephine com valentia.

— Sim, pode ser uma boa ideia — sussurrou Constantia.

Mal tocaram a cortina e ela se suspendeu, com o cordão atrás, enrolando-se em torno da haste de enrolar, e a pequena borla bateu como se tentasse se libertar. Isso era demais para Constantia.

— Você não acha... você não acha que poderíamos adiar de novo? — ela murmurou.

— Por quê? — irrompeu Josephine, sentindo-se, como de hábito, muito melhor quando ela sabia com certeza que Constantia estava aterrorizada. — Tem de ser feito. Mas gostaria que não sussurrasse, Con.

— Não sabia que estava sussurrando — sussurrou Constantia.

— E por que você continua olhando fixamente a cama? — disse Josephine, elevando a voz de modo quase ousado. — Não há nada *sobre* a cama.

— Oh, Jug, não diga isso! — disse a pobre Connie. — De qualquer modo, não tão alto!

A própria Josephine sentiu que tinha ido longe demais. Deu uma ampla guinada para a cômoda, esticou a mão, mas logo a retirou, rapidamente.

— Connie! — ofegou, rodeou-a e encostou as costas na cômoda.

— Oh, Jug — o quê?

Josephine só conseguia olhar fixamente. Ela sentia o sentimento mais extraordinário de que acabara de escapar a algo simplesmente terrível. Mas como conseguiria explicar a Constantia que papai estava dentro da cômoda? Ele estava na gaveta superior, com os lenços e as gravatas, ou na seguinte, com as camisas e pijamas, ou na inferior, com todos os seus ternos. Estava observando dali, escondido — logo atrás da maçaneta — pronto para saltar.

Ela repuxou uma cara estranhamente antiquada para Constantia, exatamente como costumava fazer antigamente, quando ia chorar.

— Não consigo abrir — quase soluçava.

— Não, não abra, Jug — sussurrou Constantia seriamente. — É muito melhor não tentar. Não vamos abrir nada. De qualquer modo, não por muito tempo.

— Mas... Mas assim pareço tão fraca — disse Josephine, perdendo o autocontrole.

— Mas por que não ser fraca uma vez, Jug? — argumentou Constantia, sussurrando com impetuosidade. — Se a gente é fraca. — E seu olhar pálido deslocou-se da escrivaninha trancada — tão segura — para o enorme armário brilhante, e ela começou a respirar de um modo estranho e arfante. — Por que não deveríamos ser fracas uma vez em nossas vidas, Jug? É muito perdoável. Vamos ser fracas — seja fraca, Jug. É muito mais agradável ser fraca do que ser forte.

Fez então uma daquelas coisas surpreendentemente ousadas que fizera apenas umas duas vezes na vida antes; marchou diretamente para o armário, virou a chave e a retirou da fechadura. Tirou-a da fechadura e a entregou a Josephine, mostrando a esta, com seu sorriso extraordinário, que ela sabia o que tinha feito — ela arriscara deliberadamente que papai estivesse ali, entre os casacões.

Se o imenso armário despencasse para a frente e tivesse amassado Constantia, Josephine não teria ficado surpresa. Pelo contrário, teria pensado que seria a coisa mais indicada para acontecer. Mas nada ocorreu. Só o quarto pareceu mais tranquilo do que nunca, e flocos maiores de ar frio caíram sobre os ombros e joelhos de Josephine. Ela começou a tremer.

— Venha, Jug — disse Constantia, ainda com aquele terrível sorriso gelado, e Josephine a seguiu, exatamente como da vez anterior, quando Constantia empurrara Benny para dentro do lago redondo.

VII

Mas a tensão se revelou quando retornaram para a sala de jantar. Sentaram-se, muito trêmulas, e olharam uma para a outra.

— Não sinto capacidade para tomar qualquer providência — até ter comido alguma coisa. Você acha que podemos pedir a Kate duas xícaras de água quente?

— Realmente, não vejo por que não poderíamos — disse Constantia cautelosamente. Ela já estava normal de novo. — Não vou tocar a campainha. Vou até a porta da cozinha pedir-lhe.

— Sim, faça-o — disse Josephine, afundando-se numa cadeira. — Diga-lhe: apenas duas xícaras, Con, nada mais — numa bandeja.

— Ela nem mesmo precisa colocar o bule, precisa? — perguntou Constantia, como se Kate pudesse reclamar se o bule não estivesse lá.

— Oh, certamente que não! O bule não é de todo necessário. Pode servir diretamente da chaleira — exclamou Josephine, sentindo que isso seria realmente uma grande economia de trabalho.

Seus lábios frios tremeram nas pontas esverdeadas. Josephine rodeou a xícara com as mãozinhas vermelhas; Constantia se assentou e soprou a fumaça encaracolada, fazendo-a flutuar de um lado para o outro.

— Falando de Benny — disse Josephine.

E embora Benny não tivesse sido mencionado, Constantia imediatamente pensou como se o tivesse.

— Ele terá a expectativa de que lhe mandaremos algo de papai, é claro. Mas é tão difícil saber o que mandar para o Ceilão.

— Você quer dizer que as coisas ficam tão remexidas durante a viagem — murmurou Constantia.

— Não, perdidas — disse Constantia cortante. — Você sabe que não há correio. Só mensageiros.

Ambas se interromperam para observar um homem negro de ceroulas de linho brancas correndo por pálidos campos a toda velocidade, e segurando um grande pacote pardo. O homem negro de Josephine era pequeno; ele se precipitava, brilhando como uma formiga. Mas havia algo cego e incansável quanto ao indivíduo alto e magro de Constantia, que o tornava, resolveu ela, uma pessoa realmente desagradável... Na varanda, vestido inteiramente de branco e usando um capacete de cortiça, estava Benny, parado, de pé. Sua mão direita se levantava e baixava, como papai fazia, quando ficava impaciente. E atrás dele, nem um pouco interessada, sentava-se Hilda, a cunhada desconhecida. Ela se balouçava numa cadeira de balanço de junco e folheava a revista *Tatler*.

— Acho que o relógio dele seria o presente mais adequado — falou Josephine.

Constantia ergueu os olhos; parecia surpresa.

— Oh, você confiaria um relógio de ouro a um nativo?

— Mas claro que eu o esconderia — disse Josephine. — Ninguém iria saber que era um relógio. — Gostava da ideia de ser obrigada a fazer um pacote com uma forma tão estranha que ninguém poderia de algum modo desconfiar do seu conteúdo. Até mesmo pensou, por um momento, em esconder o relógio numa estreita caixa de cintas que guardara por muito tempo, esperando a ocasião em que poderia servir para alguma coisa. Era uma caixa de cartolina firme tão bonita. Mas não, não seria adequada para esta ocasião. Tinha escrito na tampa: *Tamanho Médio para Mulheres de 71 cm. — Barbatanas Extra-Rígidas*. Seria surpreendente demais para Benny, ao abrir a caixa, encontrar dentro o relógio de papai.

— E é claro que já não estaria funcionando, quero dizer, fazendo tique-taque — disse Constantia, que ainda estava pensando no interesse que tinham os nativos pelas joias. — Pelo menos — acrescentou — seria muito estranho se estivesse, após todo esse tempo.

VIII

Josephine não respondeu. Havia tomado uma de suas tangentes. Repentinamente, pensara em Cyril. Não seria mais apropriado que o único neto ficasse com o relógio? E depois, o querido Cyril tinha tanto gosto, e um relógio de ouro significava tanto para um jovem. Benny, com toda probabilidade, já se desabituara totalmente de relógios; era tão raro os homens usarem coletes nesses climas quentes. Enquanto Cyril, em Londres, os usava o ano inteiro. E seria tão bom para ela e Constantia, quando viesse para o chá, saber que ele estava ali. — Vejo que você está usando o relógio do vovô, Cyril. — Seria, de certo modo, tão satisfatório.

Querido menino! Que golpe constituíra sua notinha suave e compassiva! Claro que elas compreenderam muito bem; mas que notícia infeliz.

— Teria sido um trunfo tê-lo aqui — disse Josephine.

— E ele o teria apreciado tanto — disse Constantia, sem pensar no que dizia.

Sem dúvida, assim que voltou foi tomar chá com as tias. Ter Cyril no chá com elas era uma de suas raras exorbitâncias.

— Bem, Cyril, você não deve temer nossos bolos. Sua titia Con e eu os compramos na Buszard's hoje de manhã. Sabemos que apetite os homens têm. Assim, não se envergonhe de comer bem no chá.

Josephine cortou apressadamente o requintado bolo escuro, correspondente às luvas de inverno ou ao salto e sola dos únicos sapatos aceitáveis de Constantia. Mas Cyril tinha o apetite menos masculino do mundo.

— É como lhe digo, tia Josephine, eu simplesmente não consigo. Acabei de almoçar, sabe.

— Oh, Cyril, não pode ser verdade! Já passam das quatro horas — exclamou Josephine. Constantia estava sentada com a faca suspensa sobre o doce de chocolate.

— É, contudo, verdade — disse Cyril. — Tive de me encontrar com um homem em Victoria, e ele me prendeu até às… só tive tempo de almoçar e vir para cá. E ele me deu — uff! — Cyril pôs a mão na testa — um terrível prejuízo — falou ele.

Era frustrante — principalmente hoje. Mas contudo, como poderia sabê-lo?

— Mas você comerá um suspiro, não é, Cyril? — perguntou tia Josephine. — Compramos estes suspiros especialmente para você. Seu querido pai gostava tanto destes. Temos certeza de que você também gosta.

— Gosto, tia Josephine — exclamou Cyril ardentemente. — Você se incomodaria se eu pegasse metade, para começar?

— Claro que não, menino; mas não podemos deixá-lo partir só com isso.

— Seu pai ainda gosta muito de suspiros? — perguntou tia Con gentilmente. Ela teve um leve estremecimento ao quebrar a crosta do seu suspiro.

— Bem, não sei muito bem, tia Con — disse Cyril jovialmente.

Diante disto, ambas ergueram para ele os olhos.

— Não sabe? — quase repreendeu Josephine. — Não sabe uma coisa dessas sobre seu próprio pai, Cyril?

— Certamente que sim — disse tia Con suavemente.

Cyril tentou escapar rindo do assunto. — Oh, bem — disse ele —, já faz tanto tempo desde que... — vacilou. Deteve-se. Os rostos delas eram demais para ele.

— Mesmo *assim* — disse Josephine.

E tia Con olhou.

Cyril pousou a xícara de chá. — Espere um pouco — exclamou. — Espere um pouco, tia Josephine. O que estou pensando?

Ele ergueu os olhos. Elas estavam começando a se alegrar. Cyril bateu no joelho.

— Claro — ele disse —, eram suspiros. Como eu pude esquecer? Sim, tia Josephine, a senhora tem toda a razão. Papai tem verdadeira adoração por suspiros.

Elas não estavam apenas radiantes. Tia Josephine ficou escarlate de prazer; tia Con suspirou muito, muito profundamente.

— E agora, Cyril, você deve vir ver papai — disse Josephine. — Ele sabe que você vem hoje.

— Está bem — disse Cyril, com muita firmeza e sinceridade. Levantou-se da cadeira; repentinamente relanceou o relógio.

— Digo-lhe, tia Con, o seu relógio não está um pouco atrasado? Tenho de encontrar um homem em... em Paddington, logo depois das cinco. Temo que não poderei ficar muito com vovô.

— Oh, ele não espera que você fique *muito* tempo! — disse tia Josephine.

Constantia ainda olhava fixamente o relógio. Ela não conseguia resolver se estava atrasado ou adiantado. Era uma coisa ou a outra, tinha quase certeza absoluta disso. De qualquer forma, era uma coisa ou outra.

Cyril ainda se demorava. — Você não vem junto, tia Con?

— Claro — disse Josephine —, vamos todos. Venha, Con.

IX

Bateram na porta, e Cyril seguiu suas tias até o quarto quente e adocicado do avô.

— Vamos — disse vovô Pinner. — Não fiquem vacilando aí. O que é? O que andaram fazendo?

Sentava-se diante de um fogo crepitante e batia com a bengala. Tinha uma grossa manta sobre os joelhos e no colo um lenço de seda amarelo-pálido.

— É Cyril, papai — disse Josephine timidamente. E ela puxou Cyril pela mão, conduzindo-o até ele.

— Boa tarde, vovô — disse Cyril, tentando retirar sua mão da de tia Josephine. O vovô Pinner dardejou os olhos em Cyril do modo que lhe era peculiar. Onde estava tia Con? Ela estava de pé do outro lado de tia Josephine; os longos braços pendiam a sua frente e as mãos estavam entrelaçadas. Ela nunca desviava os olhos de vovô.

— Bem — disse vovô Pinner, começando a tamborilar —, o que tem para me dizer?

O que ele, o que ele tinha para lhe dizer? Cyril se viu sorrindo como um perfeito idiota. O quarto estava abafado, também.

Mas tia Josephine veio em seu auxílio. Ela exclamou alegremente: — Cyril diz que o pai dele gosta muito de suspiros, querido pai.

— Ahn? — disse vovô Pinner, criando com a mão na orelha como que uma concha púrpura de suspiro.

Josephine repetiu:

— Cyril diz que seu pai ainda gosta muito de suspiros.

— Não consigo ouvir — disse o velho coronel Pinner. E ele acenou a Josephine com sua bengala, depois a apontou para Cyril. — Diga-me o que ela está tentando me falar — disse ele.

(Meu Deus!) — Preciso mesmo? — disse Cyril, corando e olhando para tia Josephine.

— Faça-o, querido — sorriu ela. — Vai agradá-lo tanto.

— Vamos, vamos com isso! — gritou o coronel Pinner irritadiço, recomeçando a tamborilar.

E Cyril se inclinou e gritou:

— Papai ainda gosta muito de suspiros.

Diante disso, vovô Pinner saltou como se tivesse sido alvejado.

— Não grite! — exclamou. — O que está havendo com o menino? *Suspiros!* O que há com eles?

— Oh, tia Josephine, precisamos continuar? — gemeu Cyril, em desespero.

— Já está bem, querido menino — disse tia Josephine, como se ele e ela estivessem juntos no dentista. — Ele logo compreenderá. — E sussurrou para Cyril: — Está ficando um pouco surdo, sabe. — Então se inclinou e realmente vociferou no ouvido de vovô Pinner: — Cyril só queria lhe contar, papai querido, que o pai *dele* ainda gosta muito de suspiros.

O coronel Pinner ouviu desta vez, ouviu e meditou, olhando Cyril de alto a baixo.

— Que coisa mais exxxtraordináaaria! — disse o velho vovô Pinner. — Que coisa exxxtraordináaaaria vir até aqui só para me dizer isso!

E Cyril sentiu que *era mesmo*.

— Sim, vou enviar o relógio a Cyril — disse Josephine.

— Isto seria muito simpático — disse Constantia. — Parece que me lembro de que, da última vez em que esteve aqui, houve algum problema com a hora.

X

Foram interrompidas por Kate, que despontou na porta do seu modo habitual, como se tivesse descoberto algum painel secreto na parede.

— Frito ou cozido? — perguntou a ousada voz.

Frito ou cozido? Por um momento, Josephine e Constantia ficaram bastante surpreendidas. Mal podiam compreendê-lo.

Kate fungou alto. — Peixe.

— Bem, por que você não disse logo? — Josephine repreendeu-a gentilmente. — Como poderia esperar que compreendêssemos, Kate? Há muitas coisas neste mundo, sabe, que podem ser fritas ou cozidas. — E depois de tal demonstração de coragem, ela disse com bastante vivacidade para Constantia: — Como você prefere, Con?

— Acho que seria bom tê-lo frito — disse Constantia. — Por outro lado, claro, peixe cozido é muito bom. Acho que gosto dos dois modos igualmente... A menos que... Neste caso...

—Vou fritá-lo — disse Kate, e se retirou de um salto, deixando aberta a porta delas, e batendo a porta da sua cozinha.

Josephine fitou Constantia esgazeadamente; ergueu as pálidas sobrancelhas até desaparecerem ondeando entre os fios de cabelo pálido. Ela se levantou e disse de um modo distante, impositivo:

—Você se importa em me seguir até a sala, Constantia? Tenho uma coisa da maior importância para discutir com você.

Pois era sempre para a sala de estar que se retiravam quando queriam conversar sobre Kate.

Josephine fechou a porta significativamente.

— Sente-se, Constantia — disse ela, ainda majestosa. Poderia estar recebendo Constantia pela primeira vez. E Con olhou vagamente em redor, procurando uma cadeira, como se realmente se sentisse uma estranha.

— Agora, a questão é — disse Josephine, se inclinando — se vamos mantê-la ou não.

— Esta é a questão — concordou Constantia.

— E desta vez — disse Josephine com firmeza — precisamos chegar a uma conclusão definitiva.

Por um momento parecia que Constantia estava a ponto de começar a agir exatamente como das outras vezes, mas se conteve e disse:

— Sim, Jug.

— Você vê, Con — explicou Josephine —, tudo mudou agora. — Constantia ergueu rapidamente os olhos. — Queria dizer — continuou Josephine —, já não dependemos de Kate como antes. — E corou levemente. — Já não é preciso cozinhar para papai.

— Isso é perfeitamente verdade — concordou Constantia. — Papai certamente agora não quer que cozinhem para ele, mais do que qualquer outra coisa...

Josephine interrompeu bruscamente:

— Você não está com sono, está, Con?

— Com sono, Jug? — Constantia arregalou os olhos.

— Bem, então se concentre mais — disse Josephine severamente, e retornou ao assunto. — O que concluímos é que, se demitíssemos Kate — e ela mal o sussurrou, relanceando a porta — ela ergueu a voz novamente — poderíamos fazer nossa própria comida.

— Por que não? — exclamou Constantia. Não pôde deixar de sorrir. A ideia era tão empolgante. Ela bateu palmas. — O que nós comeríamos, Jug?

— Oh, ovos, de diversas formas! — disse Jug, enlevada novamente. — E, além disso, há os pratos comprados prontos.

— Mas sempre ouvi falar — disse Constantia — que são considerados tão caros.

— Não, se a pessoa os compra com moderação, disse Josephine. Mas ela se forçou a abandonar este fascinante desvio e arrastou Constantia atrás de si.

— O que temos a decidir agora, entretanto, é se realmente confiamos em Kate ou não.

Constantia se reclinou para trás. Seu insípido risinho abandonou os seus lábios.

— Não é estranho, Jug — disse ela —, que seja este precisamente o único assunto sobre o qual não consigo tomar uma decisão?

XI

Nunca tomara uma decisão. Toda a dificuldade estava em provar alguma coisa. Como se provavam coisas, como se poderia? Suponha-se que Kate se pusesse de pé na frente dela e deliberadamente fechasse a cara. Ela não poderia muito bem estar sofrendo? Não seria impossível, de qualquer modo, perguntar a Kate se ela estava fechando a cara para ela? Se Kate respondesse "Não" — e claro que ela diria "não" — que situação! Que indignidade! E depois, Constantia suspeitou novamente de que era quase certo que Kate fora até sua cômoda quando ela e Josephine saíram, não para tirar coisas, mas para espiar. Muitas vezes ao voltar encontrara sua cruz de ametista nos lugares mais improváveis, debaixo dos seus laços de renda ou em cima de sua Bertha para noite. Mais de uma vez preparara uma armadilha para Kate. Arrumara as coisas numa ordem especial e depois chamara Josephine para testemunhar.

— Vê, Jug?

— Muito bem, Con.

— Agora vamos poder nos certificar.

Mas, oh, céus, quando ela ia olhar, ficava tão longe de uma prova como sempre! Quando alguma coisa estava fora do lugar, podia muito bem ter acontecido ao fechar a gaveta; um empurrão poderia tê-lo provocado tão facilmente.

— Venha ver, Jug, e decida. Eu realmente não consigo. É difícil demais.

Mas depois de uma pausa e um longo olhar, Josephine soltava um suspiro:

— Agora você pôs a dúvida na minha mente, Con, e tenho certeza de que eu mesma já não poderia dizer.

— Bem, não podemos adiá-lo novamente — disse Josephine. Se o adiarmos desta vez...

XII

Mas neste momento, embaixo, na rua, prorrompeu um realejo. Josephine e Constantia se levantaram de um salto.

— Corra, Con — disse Josephine. — Corra depressa. Há seis centavos na...

Então, se lembraram. Já não importava. Nunca mais teriam de parar o tocador de realejo. Nunca mais ela e Constantia ouviriam que fizessem aquele macaco levar aquele barulho para algum outro lugar. Nunca mais soaria aquele urro alto e estranho, quando papai achava que não estavam correndo o suficiente. O tocador de realejo poderia tocar o dia inteiro e a bengala não iria tamborilar.

Não vai mais tamborilar,
Não vai mais tamborilar,

tocava o realejo.

Em que pensava Constantia? Tinha um sorriso tão estranho; parecia diferente. Poderia estar prestes a chorar.

— Jug, Jug — disse Constantia suavemente, apertando as mãos. — Você sabe que dia é hoje? É sábado. Hoje faz uma semana, uma semana inteira.

Uma semana desde que papai morreu,
Uma semana desde que papai morreu,

gritou o realejo. E Josephine, também, esqueceu de ser prática e sensata; ela sorriu leve, estranhamente. Sobre o tapete indiano incidia um retângulo de luz solar vermelho-pálida; vinha, sumia e retornava... e ficava, escurecia — até brilhar quase dourado.

— Está um dia de sol — disse Josephine, como se realmente importasse.

Uma fonte perfeita de notas borbulhantes estremeceu do realejo, notas redondas, brilhantes, dispersando-se descuidadas.

Constantia ergueu as grandes mãos frias como se para segurar aquelas notas, mas depois as deixou cair. Dirigiu-se à cornija da lareira, até o seu Buda favorito. E a imagem de pedra dourada, cujo sorriso sempre lhe transmitia um sentimento tão estranho, quase uma dor, mas contudo uma dor agradável, parecia hoje mais do que sorrir. Ele sabia de algo; ele tinha um segredo. — Eu sei algo que você não sabe — lhe dizia o seu Buda. Oh, o que era, o que poderia ser? E contudo ela sempre sentira que havia... algo.

A luz solar pressionava as janelas, se esgueirava para dentro, dardejava sua luz pelos móveis e fotografias. Josephine a observava. Quando chegou até a fotografia da sua mãe, ampliada sobre o piano, ela se demorou como se surpresa por achar que tão pouco restara dela, exceto os brincos em forma de pequenos pagodes e uma estola de penas negras até os pés. Por que as fotografias dos mortos sempre se apagam tanto assim? — se perguntou Josephine. Logo que uma pessoa morria, sua fotografia morria também. Mas, claro, esta foto de mamãe era muito velha. Tinha trinta e cinco anos. Josephine se lembrava de estar de pé numa cadeira, apontando a estola de pele para Constantia e lhe dizendo que fora uma cobra que matara a mãe delas no Ceilão... Teria sido tudo diferente, se mamãe não tivesse morrido? Ela não via por quê. Tia Florence vivera com elas até saírem da escola, se mudaram três vezes e tiveram suas férias anuais e... e houvera mudanças de empregadas, é claro.

Algumas pequenas andorinhas, que soavam como andorinhas jovens, pipilavam no beiral da janela. *Ipe — ipe — ipe.* Mas Josephine sentia que não eram andorinhas, nem estavam no beiral da janela. Aquele estranho ruidinho choroso estava dentro dela. *Ipe — ipe — ipe.* Ah, por que chorava, tão fraca e perdida?

Se mamãe tivesse vivido, elas teriam se casado? Mas não houvera ninguém para elas desposarem. Houvera os amigos anglo-indianos de papai, antes que ele brigasse com eles. Mas depois disso, ela e Constantia nunca mais encontraram um único homem solteiro, exceto clérigos. Como se encontravam homens? Ou mesmo, se os encontrassem, como poderiam chegar a conhecê-los suficientemente para deixarem de ser simples estranhas? Lia-se sobre pessoas que tinham aventuras, eram seguidas etc. Mas ninguém jamais seguira a Constantia ou a ela. Oh, sim, naquele ano em Eastbourne houvera um homem misterioso na pensão delas, que deixara uma mensagem na grande jarra de água quente à porta de seu quarto! Mas quando Connie a encontrara, o vapor tornara a escrita desbotada demais para poder ser lida; não conseguiram nem mesmo decifrar para qual das duas estava dirigida. E ele partira no dia seguinte. E isso fora tudo. O resto fora cuidar de papai, e ao mesmo tempo manterem-se afastadas dele. Mas e agora? E agora? O sol furtivo tocou gentilmente em Josephine. Ela ergueu o rosto. Foi atraída à janela por raios gentis...

Até o realejo parar de tocar, Constantia ficou de pé diante de Buda, questionando-se, mas não como usualmente, não vagamente. Desta vez sua surpresa foi como um anseio. Ela se lembrou das vezes em que fora até ali, esgueirando-se da cama de camisola, quando havia lua cheia, e se deitara no chão com os braços esticados, como se estivesse crucificada. Por quê? A grande, pálida lua levara-a a fazê-lo. As horríveis figuras dançantes na tela esculpida olharam para ela de soslaio e ela não se incomodou. Ela se lembrou também como, sempre que estiveram à beira-mar, ela saíra sozinha e se aproximara o máximo possível do mar, cantando algo, algo que inventara, enquanto olhava toda a extensão da água inquieta. Houve aquela outra vida, saindo apressada, trazendo coisas para casa em sacolas, aprovando coisas, discutindo-as com Jug, e levando-as de volta para trazer mais coisas para serem aprovadas, e arrumando as bandejas de papai e tentando não aborrecê-lo. Mas tudo parecia ter acontecido dentro de uma espécie de túnel. Não era real. Foi apenas quando ela saía do túnel ao luar ou perto do mar ou sob uma tempestade é que ela realmente se sentia ela mesma. O que significava isso? O que ela realmente queria? A que levava tudo isso? E agora? E agora?

Ela se afastou do Buda com um dos seus gestos vagos. Dirigiu-se para onde Josephine estava parada, de pé. Queria dizer algo para Josephine, algo terrivelmente importante, sobre... sobre o futuro e o que...

— Você não acha que talvez... — começou.

Mas Josephine a interrompeu.

— Eu estava me perguntando se agora... — ela murmurou. Detiveram-se; esperaram uma pela outra.

— Prossiga, Con — disse Josephine.

— Não, não, Jug: você primeiro — disse Constantia.

— Não, diga o que você ia dizer. Você começou — disse Josephine.

— Eu... eu preferia ouvir o que você tinha a dizer primeiro — disse Constantia.

— Não seja absurda, Con.

— Realmente, Jug.

— Connie!

— *Oh, Jug!*

Uma pausa. Então Constantia disse debilmente:

— Não posso dizer o que ia dizer, Jug, porque esqueci o que era... que eu ia dizer.

Josephine ficou em silêncio por um momento. Fixou uma grande nuvem onde antes estivera o sol. Depois respondeu brevemente:

— Eu também me esqueci.

O sr. e a sra. Pombo

Claro que ele sabia — melhor do que ninguém — que não tinha a mínima sombra de chance sobre a Terra. A própria ideia de uma coisa dessas era absurda. Tão absurda que ele compreenderia perfeitamente se o pai dela — bem, o que quer que o pai dela resolvesse fazer, ele o compreenderia perfeitamente. De fato, nada menos que o desespero, do que o fato de que era seu último dia na Inglaterra, só Deus saberia por quanto tempo, o teria amarrado nisso. E mesmo agora... Escolheu uma gravata na cômoda, uma gravata quadriculada azul e areia, e se sentou na beira da cama. Supondo que ela respondesse: "Que impertinência!", ficaria ele surpreendido? Nem um pouco, resolveu, revirando o colarinho macio e voltando a dobrá-lo sobre a gravata. Esperava que ela dissesse algo assim. Ele não via, se encarasse o assunto totalmente a sério, o que mais ela poderia dizer.

Era neste ponto que se encontrava! E, nervosamente, deu o nó da gravata virado de frente para o espelho, alisou o cabelo com as duas mãos e revirou para fora as pontas dos bolsos da jaqueta. Ganhando entre 500 e 600 libras por ano com uma fazenda de plantação frutífera — dentre todos os lugares do mundo — na Rodésia. Nenhum capital. Nenhum cêntimo lhe chegando. Nenhuma possibilidade de aumentar seu lucro, pelo menos nos próximos quatro anos. Quanto à aparência e todo esse tipo de coisa, ele estava completamente fora do páreo. Nem mesmo poderia se gabar de uma saúde impecável, pois o negócio da África Oriental o debilitara tão profundamente que ele tivera de se licenciar por seis meses. Ainda estava assustadoramente pálido — e mesmo pior do que usualmente, nesta tarde, pensou ele, dobrando-se e se olhando no espelho. Bons céus! O que acontecera? Seu cabelo parecia quase verde brilhante. Dane-se, ele não tinha cabelo verde, de qualquer jeito. Isso era um pouco demais. E então a luz verde tremeu na vidraça; era a sombra da árvore lá fora. Reggie se voltou, retirou a cigarreira, mas, lembrando-se de como a mãe detestava que fumasse no quarto, voltou a guardá-la e se afastou rapidamente em direção à cômoda. Não, que maldição, se conseguisse pensar numa única coisa a seu favor, enquanto ela... Ah!... Ele se deteve de repente, cruzou os braços, e se recostou com toda a força à cômoda.

E, apesar de sua posição e da saúde do pai dela e do fato de que ela era apenas uma criança e de longe a moça mais popular na vizinhança; apesar de sua beleza e inteligência — inteligência! — havia muito mais do que isso, na verdade não havia nada que ela não pudesse fazer; ele acreditava piamente que, se fosse necessário, ela poderia ser um gênio em qualquer coisa — apesar do fato de seus pais a adorarem, e ela a eles, e de que eles de forma alguma a deixariam ir para tão longe como para... Apesar de cada pormenor que você poderia pensar, tão tremendo era o amor dele que não conseguia parar de ter esperanças. Bem, seria esperança? Ou seria o estranho, tímido anseio de encontrar uma oportunidade para cuidar dela, de tornar seu dever providenciar para que ela tivesse tudo que quisesse, e que nada se aproximasse dela que não fosse perfeito — apenas amor? Como ele a amava! Ele se apertava com força à cômoda e murmurou para esta: "Eu a amo, eu a amo!" E exatamente naquele momento ele estava na companhia dela viajando para Umtali. Era noite. Ela estava sentada num canto, adormecida. O queixo macio dela estava enfiado no colarinho macio dela, as pestanas castanho-douradas estavam pousadas nas faces. Ele ficava apaixonado por seu narizinho delicado, seus lábios perfeitos, sua orelha como as de um bebê e a madeixa castanho-dourada que a cobria em parte. Atravessavam a floresta. Estava quente e escuro, e longínquo. Então ela acordou e disse: "Eu estive dormindo?", e ele respondeu: "Esteve. Está se sentindo bem? Aqui, deixe-me..." E ele se inclinou para frente para... Ele se inclinou para ela. Sentia uma felicidade tão grande que já não conseguia continuar a sonhar. Mas isso lhe deu a coragem de ir de um salto ao andar inferior e arrancar o chapéu de palha do saguão e dizer, ao fechar a porta dianteira: "Bem, só posso tentar a minha sorte, isso é tudo."

Mas sua sorte lhe deu um torpe golpe, quase imediatamente, para dizer o mínimo. Passeando para cima e para baixo na alameda do jardim, com Chinny e Biddy, os velhos pequineses, ia a sua mãe. Claro que Reginald gostava da mãe e tudo o mais. Ela — ela tinha boas intenções, tinha infinita coragem, e assim por diante. Não havia como negá-lo, ela era uma mãe severa. E houve momentos, muitos, na vida de Reggie, antes de o tio Alick morrer e lhe deixar a fazenda frutífera, em que ele estava convencido de que ser filho único de uma viúva era quase a maior punição que um sujeito podia ter. E o que o tornava pior do que nunca era que ela era positivamente tudo o que ele possuía. Ela não era apenas uma combinação de pai e mãe, por assim dizer, mas brigara com todos os seus e com os parentes do governador antes que Reggie ganhasse suas primeiras calças compridas. De modo que, toda vez que Reggie sentia saudades de casa lá, sentado em sua varanda à luz das estrelas, enquanto o gramofone gritava: "Querida, o que é a Vida senão o Amor?", sua única visão era a da mãe, alta e corpulenta, descendo ruidosa pela alameda do jardim, com Chinny e Biddy colados aos seus calcanhares...

A mãe, com as tesouras abertas para cortar a cabeça de alguma coisa morta, deteve-se ao ver Reggie.

—Você não vai sair, vai, Reginald? — perguntou ela, vendo que ele ia.

—Voltarei para o chá, mãe — disse Reggie debilmente, afundando as mãos nos bolsos.

Snip. Lá se vai uma cabeça. Reggie quase saltou.

— Pensei que você reservaria sua última tarde para sua mãe — disse ela.

Silêncio. Os pequineses observavam. Eles compreendiam cada palavra da mãe. Biddy se deitou com a língua de fora; ela estava tão gorda e brilhante que parecia um pedaço de caramelo meio derretido. Mas os olhos de porcelana de Chinny se entristeceram ao se voltarem para Reginald, e ele farejava fracamente, como se todo o mundo fosse um só cheiro agradável. "Snip", fez novamente a tesoura. Pobres mendiguinhos; eles é que mereciam isso!

— E onde você vai, se a sua mãe puder perguntá-lo? — lhe perguntou a mãe.

Finalmente terminou, mas Reggie não diminuiu a marcha até ficar fora do alcance da casa, a meio caminho da do coronel Proctor. Então, só ele percebeu que fantástica tarde fazia. Chovera toda a manhã, uma chuva de verão tardia, quente, pesada, rápida, e agora o céu estava límpido, exceto por uma longa cauda de nuvenzinhas, como patinhos deslizando sobre a floresta. O vento era apenas suficiente para sacudir as gotas das árvores; uma estrela morna se esparramou na sua mão. Ping! — outra tamborilou no seu chapéu. A estrada vazia brilhava, as cercas cheiravam a urzes, e como reluziam grandes e claras as malvas-rosa nos jardins dos bangalôs. E ali estava a casa do coronel Proctor — ali já estava ela. Sua mão estava no portão, o cotovelo sacudia os arbustos de lilases, e as pétalas e o pólen se espalhavam sobre a manga de seu casaco. Mas espere um pouco. Tudo andara depressa demais. Ele planejara repensar tudo muito bem antes. Pare, aqui. Mas ele estava subindo pela alameda, com as grandes roseiras de ambos os lados. Não se pode fazer assim. Mas sua mão segurara o sino, puxara-o e começara a tocá-lo em cheio, como se tivesse vindo comunicar que a casa estava pegando fogo. A empregada também deveria estar no saguão, pois a porta da frente imediatamente se abriu, e Reggie se viu encerrado na sala de estar vazia antes que o maldito sino parasse de tocar. Foi muito estranho que, quando realmente parou, a ampla sala ensombrecida, com o guarda-sol de alguém pousado em cima do piano de cauda, o alegrou — ou, antes, o excitou. Estava tudo tão tranquilo, e ao mesmo tempo num instante a porta se abriria, e seu destino seria decidido. O sentimento não destoava do estar num dentista; estava quase despreocupado. Mas, ao mesmo tempo, para sua imensa surpresa, Reggie se ouviu dizendo: "Senhor, vós sabeis, vós haveis feito *muito* para mim…" Isto o ajudou a se controlar; isto o fez perceber novamente como tudo aquilo era absolutamente sério. Tarde demais. A maçaneta da porta virou. Anne entrou, atravessou o espaço ensombrecido que os separava, lhe estendeu a mão, e disse, com sua vozinha macia:

— Sinto muito, papai saiu. E mamãe está passando o dia na cidade, procurando um chapéu para comprar. Só eu estou aqui para recebê-lo, Reggie.

Reggie parou, arquejante, apertou o próprio chapéu de encontro aos botões do casaco, e gaguejou:

— Bem, aliás, eu só vim aqui... dizer adeus!

— Oh! — exclamou Anne suavemente — ela recuou um passo e seus olhos cinzentos dançavam: — que visita *tão* curta!

E então, observando-o, o queixo dela tremeu e ela riu uma ampla e longa risada, se afastou dele e se dirigiu ao piano. Apoiando-se neste, tocou a borla do guarda-sol.

— Sinto muito — disse ela — estar rindo assim. Não sei por que isso me aconteceu. É só um mau há-hábito. — E repentinamente, bateu com o sapato cinza e tirou um lenço do casaco de lã branca. — Realmente, preciso me controlar, é absurdo demais... — disse ela.

— Pelos céus, Anne — gritou Reggie —, adoro ouvi-la rir! Não consigo pensar em nada mais...

Mas a verdade, e ambos o sabiam, é que nem sempre ela estava rindo; não era realmente um hábito. Apenas, desde o dia em que se conheceram, desde o primeiro momento, por alguma estranha razão que Reggie pedia a Deus para compreender, Anne rira para ele. Por quê? Não importava onde se encontrassem ou do que estivessem falando. Poderiam começar com a maior seriedade possível, mortalmente sérios — de qualquer modo, tanto quanto dissesse respeito a ele — e então, repentinamente, no meio de uma frase, Anne relancearia os olhos para ele, e um risinho estremecido perpassaria seu rosto. Seus lábios se abriam, os olhos dançavam, e ela começava a rir.

Outra coisa estranha a este respeito era que Reggie pensava que ela mesma não sabia exatamente por que ria. Ele a vira voltar-se, franzir o cenho, chupar as bochechas, torcer as mãos. Mas não adiantava. A longa, suave gargalhada soava, mesmo enquanto ela exclamava: "Não sei por que estou rindo." Era um mistério...

Agora ela guardou o lenço.

— Sente-se, por favor — falou. — E pode fumar, não quer? Há cigarros naquela cigarreira a seu lado. Eu também fumarei um. — Ele acendeu um fósforo para ela, e, quando ela se reclinou, ele viu a pequena chama brilhar no anel de pérola que ela usava. — Você vai partir amanhã, não é mesmo? — perguntou Anne.

— É, amanhã, se for algum dia — disse Reggie, e ele soprou um pequeno leque de fumaça. Por que motivo, na face da Terra, estava ele tão nervoso? Nervoso não era bem a palavra.

— É... é assustadoramente difícil acreditar nisso — acrescentou ele.

— É, sim... não é mesmo? — disse Anne suavemente, e ela se inclinou para frente e amassou a ponta do cigarro no cinzeiro verde. Como estava linda assim! — Simplesmente linda — e ela parecia tão pequena naquela imensa cadeira. O coração de Reginald inchava de carinho, mas era a voz dela, sua voz macia, que o fazia estremecer. — Sinto que você esteve aqui por anos — disse ela.

Reginald deu uma funda tragada no cigarro.

— É apavorante esta ideia de voltar — disse ele.

— *Cocorococó* — soou o galo na escuridão.

— Mas você gosta de ficar lá, tão longe, não é? — disse Anne. Ela enredou o dedo no colar de pérolas. — Papai dizia, mesmo na noite passada, como achava que você tinha muita sorte por levar sua própria vida. — E ela levantou os olhos. O sorriso de Reginald foi bastante débil.

— Não me sinto com muita sorte — disse ele debilmente.

— *Rocococó* — veio de novo o som. E Anne murmurou:

— Quer dizer que o lugar é solitário.

— Oh, não é com a solidão que me importo — disse Reginald, e amassou o cigarro selvagemente no cinzeiro verde. — Poderia aguentar

cada minuto de solidão, até mesmo costumava gostar dela. É a ideia de...
— Repentinamente, para seu horror, ele se sentiu ruborizar.

— *Rocococó! Rocococó!*

Anne se levantou de um salto.

—Venha dizer adeus para meus pombos — disse ela. — Foram transferidos para a varanda lateral. Você gosta de pombos, não gosta, Reginald?

— Tremendamente — disse Reggie, com tanto fervor, ao abrir as portas de vidro para ela e ficar parado ao lado, que Anne, ao invés, correu adiante e dessa vez riu para os pombos.

De um lado para o outro, de um lado para o outro sobre a fina areia vermelha no chão do pombal, andavam os dois pombos. Um estava sempre à frente do outro. Uma corria adiante, soltando um gritinho, e o outro a seguia, curvando-se e fazendo solenes reverências.

— Veja — explicou Anne —, a da frente é a sra. Pombo. Ela olha para o sr. Pombo e dá aquela risadinha e corre para frente, e ele a segue, curvando-se e fazendo reverências. E isso a faz rir novamente. Ela corre para longe, e lá vai ele atrás dela — exclamou Anne, e ela se acocorou —, e lá vem o sr. Pombo, curvando-se e fazendo reverências... e assim passam toda a vida. Nunca fazem nada além disso, sabe. — Ela se levantou e pegou alguns grãos amarelos num saco que estava no teto do pombal.

— Quando você pensar neles, lá na Rodésia, Reggie, pode ter certeza de que é isso que estarão fazendo aqui...

Reggie não deu o menor sinal de ter visto os pombos nem ouvido uma única palavra. No momento só tinha consciência do imenso esforço que lhe custava arrancar o segredo que guardava dentro de si e oferecê-lo a Anne.

— Anne, você acha que algum dia poderia gostar de mim? — Fizera-o. Acabara. E na pequena pausa que se seguiu, Reginald viu o jardim se abrir para a luz, o céu azul tremendo, o flutuar de folhas nas estacas da varanda, e Anne revirando os grãos de milho na palma da mão com um dedo. Então lentamente ela fechou a mão, e o mundo de novo esmaeceu quando ela murmurou lentamente:

— Não, nunca deste modo.

Mas ele mal tivera tempo de sentir algo antes que ela se afastasse, caminhando rápido, e ele a seguiu descendo a escada, ao longo da alameda do jardim sob os arcos cor-de-rosa e através do gramado. Lá, com a alegre "fronteira herbácea" atrás de si, Anne encarou Reginald.

— Não que eu não goste imensamente de você — disse ela. — Gosto. Mas — e os olhos dela se arregalaram — não deste modo — um estremecimento cruzou a sua face — deve-se gostar de... — Os lábios dela se abriram, e ela não conseguiu se conter. Começou a rir. — Aí está, você vê — exclamou ela —, é sua gra-gravata quadriculada. Até mesmo neste momento, quando se pensaria que você estaria solene, sua gravata me lembra terrivelmente a gravata-borboleta que os gatos usam nas fotografias! Oh, por favor, perdoe-me por ser tão horrível, por favor!

Reggie agarrou sua mãozinha quente.

— Não há dúvida de que vou perdoá-la — disse ele rapidamente. — Como poderia haver? E eu realmente acredito saber por que a faço rir. É porque você está tão acima de mim de todas as formas que eu de algum modo lhe pareça ridículo. Vejo isto, Anne. Mas se eu fosse...

— Não, não. — Anne apertou a mão dele com força. — Não é isso. Está tudo errado. Não estou tão acima de você de modo nenhum. Você é muito melhor do que eu. Você é maravilhosamente altruísta e... e bondoso, e simples. Não sou nada disso. Você não me conhece. Tenho o pior caráter — disse Anne. — Por favor, não me interrompa. E além disso, não é este o problema. O problema é — ela sacudiu a cabeça — que eu não poderia de modo algum casar com um homem de quem eu risse. Sem dúvida você concorda com isso. O homem com quem eu me casar... — arfou Anne suavemente. Mas se interrompeu. Retirou a mão, e, olhando para Reggie, sorriu estranhamente, sonhadora. — O homem com quem eu me casar...

E pareceu a Reggie que um homem estranho, alto, belo e brilhante irrompia a sua frente e lhe tomava o lugar — o tipo de homem que Anne e ele viram com frequência no teatro, caminhando para o palco vindo de lugar nenhum, e, sem uma palavra, agarrando a heroína nos braços, e depois de um prolongado, tremendo olhar, a carregava para longe, para algum lugar...

Reggie se deixou vencer por esta visão.

— Sim, entendo — disse ele asperamente.

— É mesmo? — perguntou Anne. — Oh, espero que sim. Porque eu me sinto tão terrível diante disso. É tão difícil explicar. Você sabe que eu nunca... — Ela se deteve. Reggie olhou-a. Ela estava sorrindo. — Não é engraçado? — disse ela. — Posso dizer qualquer coisa para você. Sempre pude, desde o começo.

Ele tentou sorrir, dizer "Que bom". Ela continuou.

— Nunca conheci ninguém de quem eu gostasse tanto quanto de você. Nunca me senti tão feliz com ninguém mais. Mas tenho certeza de que não é isso que as pessoas e que os livros querem dizer quando falam do amor. Você compreende? Oh, se ao menos você soubesse como me sinto horrivelmente. Mas nós seríamos como... o sr. e a sra. Pombo.

Aquilo foi a última gota. Isto pareceu a Reginald tão definitivo e tão terrivelmente verdadeiro que ele mal pôde suportá-lo.

— Não insista — disse ele, e voltou as costas para Anne, olhando ao longe no gramado. Lá estava o bangalô do jardineiro, com o escuro azevinho ao lado. Uma úmida e azul mancha de fumaça transparente se alçava acima da chaminé. Não parecia real. Como doía a sua garganta! Ele poderia falar? Ela teve um repente.

— Devo voltar para casa agora — disse, rouco, e começou a atravessar o gramado. Mas Anne correu atrás dele.

— Não, não vá. Não pode ir ainda — disse, implorando. — Não pode sair de jeito nenhum se sentindo assim. — E ela ergueu os olhos para ele franzindo o cenho e mordendo o lábio.

— Oh, está bem — disse Reggie, se sacudindo. — Eu... eu... — E ele sacudiu a mão como se dissesse "é preciso superar isso".

— Mas isto é terrível — disse Anne. Ela cruzou as mãos e ficou em pé diante dele. — Certamente você percebe como seria fatal nós nos casarmos, não é?

— Oh, muito bem, muito bem — disse Reggie, olhando para ela com olhos perturbados.

— Como seria errado e perverso sentir como eu sinto. Quer dizer, está tudo muito bem para o sr. e a sra. Pombo, mas imagine isto na vida real — imagine-o!

— Oh, realmente — disse Reggie, e ele começou a caminhar. Mas de novo Anne o deteve. Puxou-o pela manga, e, para sua surpresa, desta vez, em vez de rir, parecia uma menininha que ia chorar.

— Então por que, se consegue compreender isso, você está tão in-infeliz? — ela choramingou. — Por que você se importa tão terrivelmente? Por que tem uma aparência tão hor-horrível?

Reggie engoliu em seco e de novo sacudiu alguma coisa para longe de si.

— Não consigo evitá-lo — disse ele. — Tive um choque. — Se eu acabar tudo agora, serei capaz de...

— Como você pode falar em terminar tudo agora? — perguntou Anne desdenhosa. Bateu o pé para Reggie; estava escarlate. — Como pode ser tão cruel? Não posso deixá-lo partir até saber com certeza que está tão feliz como antes de me pedir em casamento. Certamente que você deve perceber isso, é tão simples.

Mas não parecia de todo simples para Reginald. Parecia-lhe terrivelmente difícil.

— Mesmo que eu não possa me casar com você, como poderei suportar que você fique tão longe, com apenas aquela terrível mãe para quem escrever, e que você está infeliz, e que tudo isso é por minha culpa?

— Não é por sua culpa. Não pense nisso. É apenas o destino. — Reggie retirou a mão dela de sua manga e a beijou. — Não sinta pena de mim, querida Anninha — disse ele gentilmente. E desta vez ele quase correu, sob os arcos cor-de-rosa, na alameda do jardim.

— *Rocococó! Rocococó!* — soou o cacarejo na varanda. E — Reggie! Reggie! — ecoou do jardim.

Ele parou, se voltou. Mas quando ela viu seu olhar tímido, embaraçado, deu uma risadinha.

—Volte, sr. Pombo — disse Anne. — E Reginald retornou lentamente pelo gramado.

A jovem

Em seu vestido azul, com as faces ligeiramente coradas, seus olhos muito, muito azuis e suas madeixas douradas presas no alto, como se fosse da primeira vez — penteadas para cima para não atrapalharem o seu salto —, a filha da sra. Raddick poderia ter acabado de cair daquele radiante céu. O olhar tímido, levemente surpreso, mas profundamente maravilhado da sra. Raddick também parecia indicar que ela acreditava igualmente; mas a filha não parecia nada satisfeita — por que estaria? — de ter pousado na escada do Cassino. Sem dúvida, estava aborrecida — aborrecida como se o Céu estivesse cheio de cassinos tendo velhos santos zangados por crupiê e coroas com que se brincar.

— Você não se incomoda em levar Hennie? — disse a sra. Raddick. — Tem certeza de que não? Lá está o carro, e você tomará chá e nós estaremos de volta aqui nesta escada — aqui mesmo — dentro de uma hora. Sabe, quero que ela entre lá. Nunca foi antes, e vale a pena ver. Sinto que não seria justo com ela.

— Oh, cale-se, mamãe — falou ela fatigada. — Vamos. Não fale tanto. E sua bolsa está aberta; você vai perder todo o dinheiro novamente.

— Desculpe, querida — disse a sra. Raddick.

— Oh, *por favor*, entre! Quero ganhar dinheiro — disse a voz, impaciente. — Está tudo muito bem para você — mas eu estou sem um tostão!

— Aqui — tome cinquenta francos, querida, leve cem! — Vi a sra. Raddick empurrando notas na mão dela quando passaram pelas portas rotatórias.

Hennie e eu paramos na escada um minuto, observando as pessoas. Ele tinha um riso muito franco e divertido.

— Digo-lhe — exclamou ele —, aí está um buldogue inglês. Lá é permitida a entrada de cães?

— Não, não é.

— Ele é um grande camarada, não é? Bem que eu gostaria de ter um. São tão divertidos. Assustam tanto as pessoas, e nunca são ferozes com os… com os seus donos. — Repentinamente, ele apertou o meu braço. — Digo-lhe, *olhe* para aquela velha. Quem é ela? Por que tem aquela aparência? Ela é uma jogadora?

A decrépita e murcha criatura, usando um vestido de cetim, um manto de veludo negro e um chapéu branco com penas púrpura, se movia lentamente, lentamente, aos arrancos, escada acima, como se fosse puxada por fios. Olhava diante de si, ria e concordava, tagarelando sozinha; suas garras se apertavam em torno do que parecia uma velha sacola para botinas.

Mas exatamente naquele momento voltou a sra. Raddick com — *ela* — e uma outra senhora despontando ao fundo. A sra. Raddick correu em minha direção. Era como uma mulher que dissesse "adeus" aos amigos numa plataforma, sem um minuto para desperdiçar antes do trem partir.

— Oh, você ainda está aqui. Que sorte, não é! Você não partiu. Não é ótimo? Passei os mais terríveis momentos com ela — e indicou a filha, que estava de pé absolutamente imóvel, desdenhosa, de olhos baixos, brincando com o pé na escada, a quilômetros. — Não permitem a entrada dela. Jurei que tinha vinte e um. Mas não acreditaram em mim. Mostrei ao homem a minha bolsa; não ousei fazer mais nada. Mas não adiantou. Ele simplesmente zombou… E agora mesmo encontrei a sra. MacEwen, de Nova York, que acaba de ganhar treze mil na *Salle Privée* — e ela deseja que eu volte com ela enquanto dura a sua sorte. Claro que não posso — deixá-la. Mas se você…

Diante disso, "ela" ergueu os olhos; ela simplesmente fulminou sua mãe.

— Por que não pode me deixar? — perguntou, furiosa. — Que maldição! Como ousa fazer semelhante cena? Esta é a última vez que saio com você. Realmente, é impossível descrever como você é terrível. — Olhou a mãe de cima abaixo. — Acalme-se — falou, soberba.

A sra. Raddick estava desesperada, simplesmente desesperada. Estava "ansiosa" para retornar com a sra. MacEwen, mas ao mesmo tempo...

Reuni minha coragem.

— Você — você gostaria de tomar chá — conosco?

— Sim, sim, ela vai adorar. Era exatamente isso o que eu desejava, não é, querida? A sra. MacEwen... eu voltarei dentro de uma hora... ou menos... Eu vou...

A sra. R. disparou escada acima. Vi que sua bolsa estava novamente aberta.

Assim, nós três ficamos para trás. Mas, realmente, a culpa não era minha. Hennie também parecia arrasado. Quando o carro se aproximou, ela se enrolou no seu casaco escuro — para escapar ao contágio. Até mesmo seus pezinhos pareciam desdenhosos em carregá-la escada abaixo até nós.

— Sinto muito, mesmo — murmurei, quando se ligou o motor.

— Oh, eu não me *importo* — disse ela. — Eu não quero parecer ter vinte e um. Quem gostaria — aos dezessete! O que odeio é — e ela teve um leve estremecimento — é a estupidez, é ser olhada por velhos gordos. Animais!

Hennie lhe lançou um olhar rápido, depois ficou olhando pela janela.

Estacionamos diante de um imenso palácio de mármore rosa e branco com laranjeiras no exterior, plantadas em jardineiras douradas e negras.

— Você gostaria de entrar? — sugeri.

Ela hesitou, relanceou os olhos, mordeu o lábio e se resignou.

— Oh, bem, parece que não há opção — ela falou. — Saia, Hennie.

Entrei na frente — para encontrar a mesa, é claro — e ela me seguiu. Mas o pior de tudo era ter conosco o irmãozinho dela, que só tinha doze anos. Esta era a última, a definitiva gota d'água — ter aquela criança se arrastando aos seus calcanhares.

Havia uma mesa com cravos e pratos cor-de-rosa e pequenos guardanapos de chá azuis como velas.

— Podemos sentar aqui?

Ela pousou a mão fatigadamente atrás de uma cadeira de vime branco.

— Tanto faz. Por que não? — disse ela.

Hennie passou se apertando por ela e se retorceu para subir num banco ao final. Sentia-se terrivelmente excluído. Ela nem mesmo se preocupou em tirar as luvas. Baixou os olhos e tamborilou na mesa. Quando um suave violino soou, ela piscou e mordeu o lábio novamente. Silêncio.

A garçonete apareceu. Eu mal ousava lhe perguntar: — Chá — ou café? Chá chinês — ou chá gelado com limão?

Realmente, ela não se importava. Era-lhe indiferente. Ela não queria realmente nada. Hennie sussurrou: — Chocolate!

Mas, assim que a garçonete se virou para partir, ela exclamou negligente: — Oh, você também pode me trazer chocolate.

Enquanto esperávamos, ela retirou uma caixinha de pó de arroz dourada com um espelho na tampa, sacudiu a esponja como se a odiasse, e empoou seu lindo nariz.

— Hennie — ela disse —, leve daqui essas flores. — Apontou os cravos com sua esponja de pó de arroz e eu a ouvi murmurar: — Não suporto flores na mesa. — Evidentemente, elas lhe provocaram um profundo sofrimento, pois, positivamente, fechou os olhos enquanto eu as retirava.

A garçonete voltou com o chocolate e o chá. Colocou as grandes xícaras espumantes diante dos dois e empurrou o meu copo transparente de chá para diante de mim. Hennie enterrou o nariz no dele, depois o levantou, por um momento terrível, com uma bolota trêmula de creme na sua ponta. Mas ele a limpou rapidamente, como um pequeno cavalheiro. Eu me perguntei se deveria ousar chamar a atenção dela para a própria xícara. Ela não a notara — não a vira — até que, repentinamente, totalmente por acaso, deu um gole. Eu observava ansiosamente; estremeceu levemente.

— Terrivelmente doce! — disse ela.

Um menininho com uma cabeça como uma passa e um corpo de chocolate apareceu com uma bandeja de folheados — fileira após fileira de pequenos monstros, pequenas inspirações, pequenos sonhos derretidos. Ele os ofereceu a ela.

— Oh, não estou com nenhuma fome. Leve-os daqui.

Ele os ofereceu a Hennie. Hennie me relanceou os olhos rapidamente — deve ter obtido um resultado satisfatório — pois retirou um creme de chocolate, uma bomba de café, um suspiro recheado de castanha e uma pequena corneta recheada de morangos frescos. Ela mal podia suportar observá-lo. Mas, justo quando o menino se virava para partir, ela lhe estendeu o prato.

— Oh, bem, dê-me *um* — disse ela.

As pinças de prata deixaram cair um, dois, três — e uma tortinha de cereja.

— Não sei por que você está me dando todos esses — ela disse, e quase sorriu. — Não os comerei! Não conseguiria!

Eu me senti muito à vontade. Beberiquei meu chá, me recostei, e até mesmo perguntei se poderia fumar. Diante disso ela se deteve, o garfo na mão, arregalou os olhos e realmente sorriu.

— Claro — disse ela. — Sempre espero que as pessoas fumem.

Contudo, bem naquele momento, aconteceu uma tragédia com Hennie. Ele empunhou sua corneta folheada com força demais, e ela se quebrou ao meio, uma parte respingando na mesa. Horrível acontecimento. Ele ficou escarlate. Até mesmo as orelhas se ruborizaram, e uma de suas mãos, envergonhada, adiantou-se sobre a mesa para agarrar o que sobrara da parte principal.

—Você é um completo animalzinho! — ela disse.

Bons céus! Tive de me lançar em seu auxílio. Exclamei apressadamente:

—Você vai ficar muito tempo no exterior?

Mas ela já se esquecera de Hennie. Tinha também me esquecido. Tentava se lembrar de algo... Estava a quilômetros de distância.

— Eu — não sei — disse ela lentamente, daquele lugar longínquo.

— Imagino que você prefira lá a Londres. É mais... mais...

Quando me interrompi, ela retornou e me olhou, muito surpresa.

— Mais...?

— *Enfin* — alegre — exclamei, sacudindo o cigarro.

Mas isto levou um bolo inteiro para decidir. E até mesmo depois — "Oh, bem, isso depende!" — foi tudo que ela conseguiu dizer com segurança.

Hennie terminara. Ainda estava muito ruborizado.

Peguei o cardápio de doces da mesa.

— Digo-lhe, que tal um sorvete, Hennie? Que tal tangerina e gengibre? Não, algo mais suave. Que tal um de creme, de abacaxi fresco?

Hennie aprovou fortemente. A garçonete tinha os olhos postos em nós. O pedido já fora anotado, quando ela ergueu os olhos das migalhas.

—Você disse tangerina e gengibre? Eu gosto de gengibre. Você pode me trazer um. — E depois, rapidamente: — Gostaria que aquela orquestra não tocasse coisas tão antigas. Dançamos isso todo o Natal passado. Já ficou insuportável!

Mas era uma ária encantadora. Agora que a notei, senti-me tocado.

— Acho que este é um lugar muito agradável, não concorda, Hennie? — perguntei.

Hennie disse:

— Fantástico! — Pretendera dizê-lo muito baixo, mas a voz saiu alta, numa espécie de guincho.

Agradável? Este lugar? Agradável? Pela primeira vez ela olhou à volta, tentando ver o que havia... Ela piscou; seus lindos olhos se espantaram. Um senhor de muito boa aparência lhe devolveu o olhar, através do seu monóculo, preso por uma fita preta. Mas ela simplesmente o viu. Havia um buraco no ar no lugar em que ele estava. Ela olhou seguidamente através dele.

Finalmente, as pequenas colheres rasas pousaram sobre os pratos. Hennie parecia bastante exausto, mas ela recolocou as luvas brancas. Teve alguma dificuldade com seu relógio de pulso de diamante; atrapalhava-a. Ela o repuxou — tentou quebrar aquela coisinha estúpida — não quebrou. Finalmente, teve de puxar a luva por cima dele. Afinal, eu vi que ela não suportaria aquele lugar nem mais um minuto. Com efeito, ela se levantou com um salto e se afastou, enquanto eu realizava o ato vulgar de pagar pelo chá.

Então nos vimos novamente no exterior. Escurecera. O céu estava pintado de estrelinhas; grandes lampiões brilhavam. Enquanto esperávamos o carro, ela ficou de pé na escada, exatamente como antes, balançando o pé, os olhos baixos.

Hennie saltou adiante para abrir a porta, e ela entrou e se afundou com — oh — um tal suspiro!

— Diga-lhe — disse ofegante — para dirigir o mais rápido possível.

Hennie arreganhou um sorriso para o motorista, seu amigo. — *"Allie veet!"* — disse ele. Então se recompôs e se sentou no banquinho diante de nós.

A caixinha de pó dourada reapareceu. De novo a pobre esponja foi sacudida; de novo houve aquele olhar rápido, mortalmente secreto entre ela e o espelho.

Arrancamos através da cidade negra e dourada como um par de tesouras cortando o brocado. Hennie teve muita dificuldade em não parecer estar se agarrando a alguma coisa.

E quando chegamos ao Cassino, claro que a sra. Raddick não estava lá. Não havia sinal dela na escada — nenhum sinal.

— Vocês podem esperar no carro enquanto eu entro e a procuro?

Mas não — ela não faria isso. Bons céus, não! Hennie poderia ficar. Ela não podia suportar ficar sentada num carro. Ela esperaria na escada.

— Mas eu não gostaria de a deixar — murmurei. — Preferia não deixá-la aqui.

Diante disso, ela atirou o casaco para trás; voltou-se e me encarou; seus lábios se abriram.

— Bons céus — por quê? Eu — eu não me importo nem um pouco. Eu — eu gosto de esperar. — E repentinamente suas faces enrubesceram, os olhos escureceram e, por um momento, achei que fosse chorar. — De-Deixe-me, por favor — gaguejou, numa voz quente, ansiosa. — Eu gosto. Eu adoro esperar! Realmente — mesmo, eu gosto! Estou sempre esperando — em todos os tipos de lugares...

O seu casaco escuro se abriu, e sua garganta branca — todo o seu jovem corpo macio dentro do vestido azul — era como uma flor que começa a emergir de seu botão escuro.

A vida de Mãe Parker

Quando o literato, cujo apartamento a velha Mãe Parker limpava todas as terças-feiras, abriu-lhe a porta naquela manhã, perguntou por seu neto. Mãe Parker estava parada no capacho da porta que ficava no interior do pequeno saguão escuro, e esticou a mão para ajudar o seu cavalheiro a fechar a porta antes de responder:

— Nós "enterrou" ele ontem, sinhô — disse calmamente.

— Oh, minha nossa! Sinto muito em ouvir isso — disse o literato, com tom chocado. Estava no meio do café da manhã. Vestia um roupão muito gasto e tinha numa das mãos um papel amarrotado. Mas ele se sentiu constrangido. Dificilmente poderia retornar à sala de estar aquecida sem dizer alguma coisa — algo mais. Então, porque essas pessoas dão tanto valor a enterros, ele disse, bondoso:

— Espero que o enterro tenha saído bem.

— "Num" ouvi bem, sinhô? — disse a velha Mãe Parker, rouca.

Pobre velho passarinho! Ela parecia realmente chocada.

— Espero que o enterro tenha sido um... um sucesso — disse ele. Mãe Parker não respondeu. Curvou a cabeça e coxeou para a cozinha, agarrada à velha sacola de peixe onde guardava seus artigos de limpeza, um avental e um par de sapatos de feltro. O literato ergueu as sobrancelhas e voltou ao seu café da manhã.

— Superado, espero — disse em voz alta, servindo-se de geleia.

Mãe Parker retirou os dois grampos de azeviche do seu barrete e o pendurou atrás da porta. Desabotoou o casaco surrado e também o prendeu ali. Então amarrou o avental e se sentou para tirar as botas. Tirar ou colocar as botas era uma agonia para ela, mas uma agonia de anos. De fato, ela estava tão acostumada à dor que seu rosto já ficava repuxado e retorcido, pronto para a pontada antes mesmo que ela apenas tivesse desamarrado os cordões. Feito isso, ela se reclinou com um suspiro e esfregou suavemente os joelhos…

★ ★ ★

— Vovó! Vovó! — Seu netinho ficou em pé no seu colo com suas botinhas de abotoar. Acabara de voltar das brincadeiras na rua.

— Olhe em que estado você deixou a saia da vovó, seu menino mau! Mas ele lhe abraçou o pescoço e esfregou o rosto de encontro ao seu.

— Vovó, dá uma moeda pra nós! — ele a adulava.

— Sai daqui; vovó não tem dinheiro.

— Tem, sim, 'ocê tem.

— Não, "num" tenho.

— Tem, sim. Dá um pra nós!

E já estava ela apalpando para pegar a velha bolsa preta, amassada, de couro.

— Bem, o que você dará a sua avó?

Ele lhe deu um risinho tímido e a abraçou mais. Ela sentiu os cílios dele tremendo de encontro a seu rosto.

— Eu "num" tenho nada — ele murmurou…

★ ★ ★

A velha se levantou, retirou a chaleira de ferro do fogão a gás e a levou até a pia. O ruído da água batendo na chaleira aparentemente amorteceu sua dor. Ela também encheu o balde e a tina de lavar.

Seria preciso um livro inteiro para descrever o estado daquela cozinha. Durante a semana o literato "cuidava de tudo sozinho". Isto quer dizer que ele esvaziava as folhas de chá, de vez em quando, num vidro de geleia separado para este propósito, e se os garfos limpos acabavam, ele limpava um ou dois na toalha rolante de papel. Ou então, segundo explicava a seus amigos, seu "sistema" era bem simples, e ele não conseguia compreender por que as pessoas faziam tal estardalhaço sobre a limpeza da casa.

—Você simplesmente suja tudo que tem, arranja uma velha para limpar uma vez por semana, e tudo se ajeita.

O resultado disso assemelhava-se a uma gigantesca lata de lixo. Até mesmo o chão estava sujo de crostas de torradas, envelopes, guimbas de cigarro. Mas Mãe Parker não lhe tinha ressentimento. Lastimava o pobre jovem sem ninguém para cuidar de si. Pela janelinha manchada, se podia ver uma imensa extensão de céu de aparência tristonha, e, sempre que havia nuvens, elas pareciam muito velhas, usadas, esfiapadas nas bordas, com buracos no meio, ou manchas escuras como o chá.

Enquanto a água esquentava, Mãe Parker começou a varrer o chão. "Sim", pensou ela, enquanto a vassoura batia, "entre tantos percalços, eu tive o meu quinhão. Tive uma vida dura."

Até os vizinhos diziam isso dela. Muitas vezes, ao voltar manquejando para casa com sua sacola de peixe, ela os ouvia dizer, demorando-se na esquina, ou reclinados nas grades de ferro do jardim, ou mesmo entre si: "Ela teve uma vida dura, a Mãe Parker." E isso era tão verdade que ela não tinha o menor orgulho disso. Era exatamente como se dissessem que ela vivia no porão atrás do número 27. Uma vida dura!...

★ ★ ★

Aos 16 anos, ela deixara Stratford e viera para Londres como criada de cozinha. Sim, nascera em Stratford-on-Avon. Shakespeare, sinhô? Não, as pessoas sempre lhe perguntavam sobre ele. Mas ela nunca ouvira seu nome até o ver nos teatros.

Nada resta de Stratford exceto aquele "sentar perto da lareira numa noite tão clara que 'ocê podia ver as 'estrela' pela chaminé", e "Mamãe sempre guardava seu toucinho defumado dependurado do teto". E havia alguma coisa — um arbusto, sim — na porta da frente, que cheirava sempre tão bem. Mas o arbusto estava muito vago na sua lembrança. Só se recordou dele uma ou duas vezes no hospital, quando fora levada lá, muito doente.

Era um lugar horrível — sua primeira casa. Nunca lhe permitiam sair. Nunca subia no segundo andar, exceto para as preces da manhã e da noite. Era um belo porão. E a cozinheira era cruel. Costumava roubar-lhe as cartas de casa antes que ela as lesse, e atirá-las no fogão porque a faziam ficar sonhadora... E as baratas? Seria possível crer numa coisa dessas? — Até vir para Londres, nunca vira uma barata! Bem! Era como se você dissesse que nunca vira os próprios pés.

Quando a casa daquela família foi a leilão, ela foi ser "ajudante" na casa de um médico, e depois de dois anos lá, correndo da manhã à noite, ela se casou com seu marido. Era um padeiro.

— Um padeiro, sra. Parker! — disse o literato. Pois eventualmente pousava os seus tomos e lhe dava um pouco de atenção, pelo menos a este produto chamado Vida. — Deve ser muito bom ser casada com um padeiro!

A sra. Parker não tinha tanta certeza.

— Um negócio tão limpo — disse o cavalheiro. — E a senhora não gostava de estender as bisnagas frescas para os clientes?

A sra. Parker não parecia tão convencida.

— Bem, sinhô — disse a sra. Parker —, eu não ia muito na loja em cima. Nós "tinha" treze filhos, e enterramos sete deles. Quando não era o hospital, era a enfermaria, até se poderia dizer!

— É verdade, é isso *mesmo*, sra. Parker! — disse o cavalheiro, estremecendo, e retomando sua caneta.

Sim, sete se foram, e enquanto os seis ainda eram pequenos, seu marido adoeceu com tísica. Era farinha nos pulmões, lhe disse o médico, à época... Seu marido se sentou na cama com a camisa puxada acima da cabeça, e o dedo do médico desenhou um círculo nas suas costas.

— Agora, se nós o cortássemos *aqui*, sra. Parker — disse o médico —, a senhora acharia os pulmões dele totalmente entupidos de farinha branca.

Respire, meu bom sujeito! — E a sra. Parker nunca soube ao certo se viu ou se imaginou que viu um grande sopro de poeira branca sair dos lábios de seu pobre e querido marido...

Mas a luta que ela teve para cuidar daquelas seis criancinhas e ainda ter algum tempo para si mesma. Fora terrível! Então, exatamente quando tinham idade suficiente para ir para a escola e a irmã de seu marido viera para ficar com eles e ajudar, mas ainda não estando com eles nem dois meses, caiu de um lance de escadas e machucou a coluna. E nos cinco anos seguintes a Mãe Parker teve outro bebê para cuidar — e como ele costumava chorar! Então a jovem Maudie se perdeu e levou com ela a irmã Alice; os dois rapazes emigraram, e o jovem Jim foi para a Índia com o Exército, e Ethel, a mais jovem, se casou com um garçonzinho inútil que morreu de úlcera no ano em que o pequeno Lennie nasceu. E agora o pequeno Lennie — meu neto...

As pilhas de xícaras sujas, pratos sujos, foram lavadas e secadas. As facas sujas de tinta preta foram limpas com um pedaço de batata e terminadas com um pedaço de rolha. A mesa foi esfregada, o aparador e a pia que tinha caudas de sardinha nadando dentro...

Ele nunca fora uma criança forte — nunca, desde o começo. Fora um desses bebês bonitos que todo mundo supunha ser menina. Tinha lindas madeixas prateadas, olhos azuis, e uma pequena pinta, como um diamante, de um lado do nariz. O problema que ela e Ethel tiveram para criar aquela criança! As coisas que liam no jornal para tratá-lo! Todo domingo de manhã Ethel lia em voz alta, enquanto Mãe Parker lavava roupa.

"Prezado Senhor: Apenas uma linha para lhe dizer que meu pequeno Myril foi dado como morto... Depois de quatro 'garrafa'... ganhou quatro 'quilo' em nove 'semana', *e continua engordando*."

★ ★ ★

E então o tinteiro em forma de ovo saía do guarda-roupa e a carta era escrita, e Mãe comprava um vale postal a caminho do trabalho, na manhã seguinte. Mas não adiantava. Nada fazia o pequeno "ganhar peso". Até mesmo levá-lo ao cemitério nunca lhe deu cores; uma sacudidela no ônibus nunca melhorou seu apetite.

Mas ele era o queridinho da vovó desde o começo...

— De quem você é o netinho? — dizia a velha Mãe Parker, se empertigando depois de se curvar no fogão e se dirigindo à janela manchada. E uma vozinha, tão cálida, tão próxima que quase a abafava, parecia estar no seu peito, dentro do coração, e, gargalhando, dizia:

— Eu sou o netinho da vovó!

Neste momento houve um ruído de passos, e o literato apareceu, vestido para caminhar.

— Oh, sra. Parker, vou sair.

— Muito bem, sinhô.

— E encontrará sua meia coroa na bandeja do tinteiro.

— Obrigada, sinhô.

— Ah, aliás, sra. Parker — disse o literato rapidamente —, não jogou fora meu chocolate na última vez que esteve aqui — jogou?

— Não, sinhô.

— *Muito* estranho. Poderia ter jurado que deixei na lata ainda uma colher de chá de chocolate. — Ele se interrompeu, e disse suave e firmemente: — Você vai sempre me dizer quando jogar coisas fora, não vai, sra. Parker? — E ele se retirou muito contente consigo mesmo, convencido de que, efetivamente, mostrara a sra. Parker que, por sob seu aparente desleixo, ele era tão vigilante como uma mulher.

A porta bateu. Ela levou as escovas e trapos para o quarto. Mas, quando começou a fazer a cama, esticando, puxando, batendo, o pensamento do pequeno Lennie se tornou insuportável. Por que ele tinha de sofrer tanto? Era isso que não podia compreender. Por que um tal anjo-criança tinha de "pedi" ar e "lutá" por ele? Não fazia sentido uma criança sofrer assim.

...Da pequena caixinha torácica de Lennie irrompeu um som como se algo estivesse fervendo. Havia um grande caroço borbulhando em seu peito do qual não conseguia se livrar. Quando ele tossia, o suor saltava de sua cabeça; seus olhos se esbugalhavam, as mãos tremiam, o grande caroço borbulhava como uma batata saltando numa panela. Mas o que era mais terrível do que isso tudo era que, quando não tossia, se assentava recostado ao travesseiro e nunca falava ou respondia, nem mesmo aparentava escutar. Ele apenas parecia ofendido.

— Não foi sua velha vovó que fez isso, meu amor — dizia a velha Mãe Parker, afastando com tapinhas o cabelo úmido de suas pequenas orelhas escarlates. Mas Lennie movia a cabeça e se desviava. Parecia terrivelmente ofendido com ela — e solene. Curvou a cabeça e a olhou de soslaio como se não pudesse acreditar que sua avó fazia aquilo.

Mas finalmente... Mãe Parker atirou a colcha sobre a cama. Não, ela simplesmente não podia pensar nisso. Era demais — tivera coisas demais para suportar na vida. Ela o suportara até agora, ela não se metera na vida de ninguém, e nem uma vez fora vista chorando. Nunca, por nenhum ser vivo. Nem mesmo seus próprios filhos viram Mãe perder o controle. Mantivera sempre um rosto orgulhoso. Mas agora! Lennie se fora — e o que tinha ela? Não tinha nada. Ele era tudo que ela recebera da vida, e agora fora levado também. Por que tudo isso teve de acontecer comigo? — ela se perguntava. "O que eu fiz?", disse a velha Mãe Parker. "O que eu fiz?"

Ao dizer essas palavras, repentinamente deixou cair a escova. Viu-se na cozinha. Sua infelicidade era tão tremenda que ela pôs o chapéu, vestiu a jaqueta e saiu do apartamento como alguém num sonho. Ela não sabia o que fazia. Era como uma pessoa tão entorpecida pelo horror do que acontecera que se afasta andando — para qualquer lugar, como se, andando para longe, pudesse escapar...

★ ★ ★

Na rua fazia frio. O vento era como gelo. As pessoas passavam disparando, muito rápido; os homens andavam como tesouras; as mulheres caminhavam como gatos. E ninguém a conhecia — ninguém se importava. Mesmo que ela perdesse o controle, se, finalmente, depois de todos esses anos, ela fosse chorar, talvez até a internassem.

Mas diante da ideia de chorar era como se o pequeno Lennie saltasse nos braços de vovó. Ah, é isso que ela quer fazer, meu pombo. Vovó quer chorar. Se ela pudesse agora apenas chorar, chorar por longo tempo, por tudo, começando com sua primeira casa e a cozinheira cruel, passando para a casa do médico, depois para os sete filhos, a morte do marido, o abandono dos filhos, e todos os anos e infelicidade que a levaram até Lennie. Mas, para chorar adequadamente por todas essas coisas, levaria muito tempo. De qualquer modo, o tempo para isso chegara. Precisava fazê-lo. Não poderia mais adiá-lo; não podia mais esperá-lo... Onde poderia ir?

"Ela teve uma vida dura, não é, Mãe Parker." Sim, uma vida dura, sem dúvida! Seu queixo começou a tremer; não havia tempo a perder. Mas onde? Onde?

Não podia ir para casa; Ethel estava lá. Mataria Ethel de susto. Não poderia se sentar num banco em algum lugar; as pessoas viriam "perguntar" coisas. Não poderia de jeito nenhum voltar para o apartamento do cavalheiro; não tinha nenhum direito de chorar nas casas de estranhos. Se sentasse na escada, um guarda viria falar com ela.

Oh, não haveria um lugar em que pudesse se esconder consigo mesma e ficar o tempo que quisesse, sem incomodar ninguém, e sem que ninguém a importunasse? Não haveria um lugar no mundo onde ela pudesse chorar abertamente — por fim?

Mãe Parker estava parada, de pé, olhando para cima e para baixo. O vento gelado inflou seu avental como um balão. E agora começou a chover. Não, não havia lugar algum.

Casamento à *la mode*

A caminho da estação de trem, William se lembrou, com um renovado golpe de decepção, que não estava levando nada para as crianças. Pobres menininhos! Que má sorte a deles. Suas primeiras palavras sempre eram, quando corriam para recebê-lo: "O que você trouxe para mim, papai?", e ele não tinha nada. Teria de lhes comprar algumas balas na estação. Mas era isso o que fizera nos últimos quatro sábados; seus rostos se decepcionaram da última vez, quando o viram apresentar as mesmas caixas de sempre.

E Paddy dissera:

— Na minha tinha fita vermelha *an*-antes!

E Johnny dissera:

— A minha é sempre cor-de-rosa. Eu detesto cor-de-rosa.

Mas que podia fazer William? O problema não podia ser resolvido assim tão facilmente. É claro que, antigamente, ele teria tomado um táxi até uma loja de brinquedos decente e escolhido algo em cinco minutos. Mas hoje em dia eles tinham brinquedos russos, franceses, sérvios — brinquedos do mundo todo. Há mais de um ano Isabel jogara fora os velhos burros e máquinas e tudo o mais, porque eles eram tão "terrivelmente sentimentais" e "tão pavorosamente nocivos para o sentido que os bebês têm da forma".

— É tão importante — a nova Isabel explicara — que eles gostem das coisas certas desde o começo. Poupa tanto tempo no futuro. Realmente, se os pobres queridinhos têm de passar seus primeiros anos da infância olhando para esses horrores, é fácil imaginá-los crescendo e pedindo para serem levados à Academia Real de Pintura.

E ela falou como se uma visita à Academia Real fosse morte certa para qualquer um...

— Bem, eu não sei — falou William lentamente. — Quando eu tinha a idade deles, eu costumava dormir agarrado a uma velha toalha com um nó.

A nova Isabel lhe dirigiu o olhar, seus olhos se apertaram e os lábios se abriram.

— *Querido* William! Tenho certeza de que sim! — Ela riu do seu novo jeito.

Teria de haver balas, contudo — pensou William tristonho — apalpando o bolso em busca de moedas para pagar com trocado o motorista do táxi. E ele viu os meninos distribuindo as caixas — eram sujeitinhos terrivelmente generosos — enquanto os preciosos amigos de Isabel não hesitavam em se servir...

Que tal frutas? William hesitou diante de uma banca logo na entrada da estação. Que tal um melão para cada um? Teriam de dividi-lo também? Ou um abacaxi para Pad, e um melão para Johnny? Os amigos de Isabel dificilmente poderiam ir furtivamente até o quarto das crianças durante suas refeições. De todo modo, ao comprar o melão, William teve uma visão horrível de um dos jovens poetas de Isabel devorando esganadamente uma fatia, por alguma razão, atrás da porta do quarto das crianças.

Com seus dois incômodos pacotes, ele se dirigiu ao trem. A plataforma estava apinhada, o trem parado. As portas se abriam e se fechavam, com estrondo. Um ruído tão alto vinha assoviando da máquina que as pessoas pareciam entorpecidas ao se precipitarem de um lado para outro. William rumou diretamente para um vagão de fumantes na primeira classe, guardou a mala e os pacotes e, retirando um grande maço de papel do bolso interno, se atirou num canto e se pôs a ler.

"Nosso cliente, além disso está persuadido... Estamos inclinados a reconsiderar... no caso de..." Ah, assim era melhor. William alisou o cabelo para trás e esticou as pernas, atravessando-as pelo corredor do trem. A conhecida e monótona corrosão no seu peito se acalmou. "Quanto a nossa decisão..." Ele retirou um lápis azul e marcou um parágrafo lentamente.

Dois homens entraram, passaram por cima das suas pernas, e se dirigiram para o outro extremo. Um jovem atirou seus tacos de golfe no porta-bagagem e se sentou do lado oposto. O trem deu um leve solavanco, e eles partiram. William ergueu os olhos e viu a estação brilhante e quente desaparecendo. Uma jovem de rosto vermelho correu ao lado dos vagões; havia algo tenso e quase desesperado no modo com que acenava e gritava. "Histérica!" — pensou William, entorpecido. E então um trabalhador gorduroso, de rosto sujo, ao final da plataforma, arreganhou um sorriso para o trem que passava. E William pensou: "Que porcaria de vida!" — e retornou a seus papéis.

Quando novamente ergueu os olhos, havia campos e animais buscando abrigo sob árvores escuras. Um rio amplo, com crianças nuas espirrando água nos locais mais rasos, deslizou para a vista e desapareceu novamente. O céu brilhou pálido, e um pássaro flutuou alto como um ponto escuro numa joia.

"Examinamos os arquivos de correspondência de nosso cliente…" A última sentença que lera ecoava em seu pensamento. "Examinamos…" William agarrou-se àquela sentença, mas não adiantou; foi cortada ao meio, e os campos, o céu, o pássaro voando, a água, todos disseram: "Isabel". A mesma coisa acontecia todo sábado de tarde. Quando voltava para encontrar Isabel começavam esses incontáveis encontros imaginários. Ela estava na estação, de pé, apenas um pouco afastada dos outros; estava sentada na parte aberta do táxi; estava no portão do jardim; atravessava a grama causticada; à porta, ou apenas no interior do saguão.

E sua voz límpida e ligeira dizia: "É William", ou "Alô, William!" ou "E assim, William veio!" Ele tocava sua mão fria, sua face fria.

O extraordinário frescor de Isabel! Quando era um menininho, achava delicioso correr para o jardim depois de uma pancada de chuva e sacudir a roseira sobre si. Isabel era aquela roseira, macia como pétala, brilhante e fresca. E ele ainda era aquele menininho. Mas não havia corrida para o jardim agora, nem riso nem sacudidela. O tormento monótono e persistente em seu peito recomeçou. Ele recolheu as pernas, afastou os papéis e fechou os olhos.

— O que é, Isabel? O que é? — falou, terno. Estavam no seu quarto na casa nova. Isabel estava sentada num banco pintado diante da penteadeira onde se esparramavam caixinhas negras e verdes.

— O que está acontecendo, William? — E ela se inclinou para frente e seu cabelo fino caiu sobre o rosto.

— Ah, você sabe! — Ele estava de pé no meio do estranho quarto e se sentia um estranho. Diante disso, Isabel se virou depressa e o encarou.

— Oh, William! — Exclamou imploratativamente, segurando no ar sua escova de cabelos. — Por favor! Por favor não seja tão terrivelmente enfadonho e — trágico. Você está sempre dizendo ou olhando ou insinuando que eu mudei. Só porque eu conheci gente com que realmente tenho afinidade e estou saindo mais, sentindo-me tremendamente entusiasmada... com tudo, você se comporta como se eu... — Isabel lançou o cabelo para trás e riu — tivesse matado nosso amor ou algo assim. É tão terrivelmente absurdo — ela mordeu o lábio —, é tão enlouquecedor, William. Até mesmo esta casa nova e as empregadas que você me concede de má vontade.

— Isabel!

— Sim, sim, é verdade, de um certo modo — disse Isabel rapidamente. — Você os considera um outro mau sinal. Oh, eu sei que você o faz. Eu o sinto — disse suavemente — toda vez que você sobe a escada. Mas não poderíamos ter continuado vivendo naquele buraquinho mesquinho, William. Seja prático, pelo menos! Ora, não havia espaço suficiente nem para os bebês.

Não, isso era verdade. Todas as manhãs, quando ele voltava das câmaras legislativas, encontrava os bebês com Isabel na sala dos fundos. Cavalgavam a pele de leopardo lançada no encosto do sofá, ou brincavam de loja usando a escrivaninha de Isabel como balcão, ou Pad se sentava no tapete da lareira e remava para salvar a própria vida usando como remo pequena pazinha de lareira de cobre, enquanto Johnny atirava em piratas com as tenazes. Todas as noites cada um deles era carregado às costas pela estreita escada acima até sua velha e gorda babá.

Sim, supunha que era uma acanhada casinha. Uma casinha branca com cortinas azuis e uma jardineira com petúnias à janela. William recebia os amigos à porta com um "Viu nossas petúnias? São bem maravilhosas para Londres, não acha?"

Mas a coisa mais estúpida, a coisa absolutamente extraordinária era que ele não tivesse a menor ideia de como Isabel poderia não ser tão feliz quanto ele. Deus, que cegueira! Não tinha a mais remota noção, naqueles dias, de que ela realmente odiava aquela casinha inconveniente, que ela pensava que a velha Babá estava estragando os bebês, que ela se sentia desesperadamente sozinha, anelando por novas pessoas e nova música e quadros e assim por diante. Se não tivessem ido àquela festa no estúdio de Moira Morrison — se Moira Morrison não tivesse dito, quando saíam: "Vou sequestrar sua mulher, homem egoísta. Ela é como uma primorosa pequena Titania", se Isabel não tivesse ido com Moira para Paris — se… se…

O trem parou noutra estação. Bettingford. Bons céus! Chegariam lá em dez minutos. William enfiou os papéis novamente nos bolsos; o jovem do lado oposto há muito desaparecera. Agora os outros saíram. O sol do crepúsculo brilhava sobre mulheres de vestidos de algodão e criancinhas queimadas de sol e descalças. Brilhou numa flor amarela sedosa com folhas ásperas que se espalhavam sobre uma ribanceira de pedra. O ar que ruflava pela janela cheirava a maresia. Será que Isabel reunira a mesma multidão de sempre neste fim de semana? — pensou William.

E ele se lembrou das férias que os quatro costumavam ter, com uma jovem menina da fazenda, Rose, para cuidar dos bebês. Isabel vestia um casaco de lã e o cabelo entrançado; aparentava uns quatorze anos. Senhor! como seu nariz costumava descascar! E como comiam, e como dormiam naquela imensa cama de penas, com seus pés entrelaçados… William não conseguiu refrear um sorriso rígido ao pensar no horror de Isabel se ela soubesse toda a extensão do sentimentalismo dele.

★ ★ ★

— Alô, William! — Ela estava, afinal, de pé, na estação, exatamente como ele imaginara, separada dos outros, e — o coração de William saltou — estava sozinha.

— Alô, Isabel! — William a fitou longamente. Achava que ela estava tão bonita que ele tinha que dizer algo: — Você parece refrescada.

— É mesmo? — disse Isabel. — Não me sinto nem um pouco refrescada. Vamos, seu terrível trem velho está atrasado. O táxi está esperando. — Pousou levemente a mão no seu braço ao passarem pelo cobrador de passagens. — Nós todos viemos recebê-lo — disse ela. — Mas deixamos Bobby Kane na loja de doces, e temos de chamá-lo.

— Oh! — exclamou William. Foi tudo que conseguiu dizer no momento.

Sob o sol brilhante, o táxi aguardava, com Bill Hunt e Dennis Green espalhados de um lado, seus chapéus inclinados para o rosto, enquanto do outro, Moira Morrison, com um boné semelhante a um grande morango, corria para cima e para baixo.

— Não tem gelo! Não tem gelo! Não tem gelo! — gritava alegremente.

E Dennis concordou com ela, de sob o chapéu. — *Só* se consegue na peixaria.

E Bill Hunt, emergindo, acrescentou:

— Com o peixe *inteiro* dentro.

— Oh, que aborrecido! — lamuriou-se Isabel. E ela explicou a William como eles tinham procurado gelo por toda a cidade enquanto ela o esperara. — Simplesmente tudo caindo pela montanha abaixo, a começar pela manteiga.

— Teremos de nos ungir com manteiga — disse Dennis. — Possa tua cabeça, oh, William, não carecer de unção.

— Olhe aqui — disse William —, como vamos nos sentar? Eu prefiro sentar ao lado do motorista.

— Não, Bobby Kane é que está ao lado do motorista — disse Isabel. — Você deve se sentar entre Moira e eu.

O táxi partiu. — O que você trouxe nesses pacotes misteriosos?

— Cabeças de-ca-pi-ta-das! — disse Bill Hunt, estremecendo sob o chapéu.

— Oh, frutas! — Isabel pareceu muito satisfeita. — Que sagaz, William! Um melão e um abacaxi. Que maravilha!

— Não, espere um pouco — disse William, sorrindo. Mas ele estava realmente ansioso. — Eu as trouxe para as crianças.

— Oh, meu querido! — Isabel riu, apoiando a mão no seu braço. — Eles sofreriam as últimas agonias se tivessem de as comer. — Não — ela acariciou sua mão com tapinhas —, você tem de lhes trazer alguma coisa da próxima vez. Recuso-me a me despedir de meu abacaxi.

— Cruel Isabel! Deixe-me cheirá-lo! — disse Moira. Ela atirou os braços pela frente de William, implorativo. — Oh! — O boné de morango caiu para frente: sua voz soava muito fraca, lânguida.

— Uma Senhora Apaixonada por um Abacaxi — disse Dennis, quando o táxi estacionou diante de uma lojinha com um toldo listrado. Do interior surgiu Bobby Kane, os braços carregados de pacotinhos.

— Espero realmente que sejam bons. Eu os escolhi devido a suas cores. Há umas coisas redondas que parecem realmente divinas. E olhe só para esse torrone — exclamou extasiado —, olhe só para ele! É como uma coreografia perfeita!

Mas neste momento um vendedor apareceu.

— Oh, eu me esqueci. Não paguei nada — disse Bobby, parecendo assustado. Isabel entregou uma nota ao lojista, e Bobby ficou novamente radiante. — Alô, William! Vou sentar ao lado do motorista. — E com a cabeça descoberta, todo de branco, com as mangas enroladas até os ombros, saltou para seu lugar. — *Avanti!* — exclamou...

Após o chá, os outros saíram para mergulhar, enquanto William permaneceu e se reconciliou com as crianças. Mas Johnny e Paddy estavam sonolentos, o brilho rosa avermelhado fenecera, morcegos voavam, e os banhistas ainda não haviam retornado.

Quando William caminhava no andar inferior, a empregada atravessou o saguão segurando uma candeia. Ele a seguiu até a sala de estar. Era uma sala longa, pintada de amarelo. Na parede, do lado oposto a William, alguém pintara um jovem, maior que o tamanho natural, com pernas cambaleantes, oferecendo uma margarida arregalada a uma jovem que tinha um braço muito curto e outro muito longo e magro. Sobre as cadeiras e o sofá se dependuravam tiras de tecido negro, cobertas de grandes manchas de ovos quebrados, e para qualquer lugar que se olhasse parecia haver um cinzeiro cheio de pontas de cigarros. William se sentou numa das poltronas. Hoje em dia, quando se apalpava com a mão entre o estofado, não se encontrava um carneiro com três pernas ou uma vaca que perdera um chifre, ou uma pomba muito gorda saindo da Arca de Noé. Pescava-se mais um livrinho de capa mole com poemas de aspecto sujo... ele pensou no maço de papéis em seu bolso, mas estava com fome e cansado demais para ler. A porta se abriu; vieram sons da cozinha. Os empregados falavam como se estivessem sozinhos em casa. De repente, houve uma alta gritaria de risos e um "Shshsh!" igualmente alto. Eles tinham se lembrado dele. William se levantou e passou pelas portas de vidro para o jardim, e, ao ficar em pé no escuro ele ouviu os banhistas subindo a rua de terra; sua vozes ecoavam no silêncio.

— Acho que cabe a Moira usar suas sutis malícias e ardis.

Um suspiro trágico veio de Moira.

— Temos de conseguir um gramofone para os fins de semana que tocasse "A dama das Montanhas".

— Oh, não! Oh, não! — exclamou a voz de Isabel. — Isto não é justo com William. Sejam bons para ele, minhas crianças! Ele só vai ficar até amanhã à noite.

— Deixe-o comigo — exclamou Bobby Kane. — Sou tremendamente bom em cuidar das pessoas.

O portão se abriu e fechou. William avançou até o terraço; eles o tinham visto. — Alô, William! — E Bobby Kane, golpeando com a sua toalha, começou a saltar e fazer piruetas no gramado esturricado. — Que pena que você não veio, William. A água estava divina. E depois fomos todos a um barzinho e tomamos genebra de abrunho.

Os outros tinham chegado à casa.

— Eu lhe pergunto, Isabel — gritou Bobby —, você gostaria que eu usasse minha roupa de Nijinski hoje à noite?

— Não — disse Isabel —, ninguém vai se vestir para o jantar. Estamos morrendo de fome. William também está com fome. Vamos, *mes amis*, vamos começar com as sardinhas.

— Encontrei as sardinhas — disse Moira, e entrou correndo no saguão, segurando uma caixa alto no ar.

— Uma Senhora com uma Caixa de Sardinhas — disse Dennis com seriedade.

— Bem, William, e como vai Londres? — perguntou Bill Hunt, abrindo uma garrafa de uísque.

— Oh, Londres não mudou muito — respondeu William.

— A boa e velha Londres — disse Bobby, muito caloroso, espetando uma sardinha.

Mas um momento depois William já estava esquecido. Moira Morrison começou a se perguntar de que cor ficavam realmente as pernas debaixo d'água.

— As minhas são as que ficam mais brancas, da cor de cogumelos pálidos.

Bill e Dennis comeram imensamente. E Isabel enchia os copos, mudava os pratos, encontrava fósforos, sorrindo com felicidade. Num determinado momento ela disse:

— Gostaria muito, Bill, que você pintasse.

— Pintar o quê? — disse Bill alto, enchendo a boca de pão.

— A nós — disse Isabel — em torno da mesa. Seria tão fascinante dentro de vinte anos.

Bill apertou os olhos e mastigou.

— A cor está errada — disse indelicadamente —, há amarelo demais — e continuou comendo. E isso também pareceu encantar Isabel.

Mas depois do jantar eles estavam todos tão cansados que só conseguiam bocejar até chegar a hora de ir dormir...

Só quando William já estava esperando pelo táxi na tarde seguinte é que ele se viu sozinho com Isabel. Quando ele trouxe a mala pelo saguão é que Isabel deixou os outros e foi ter com ele. Ela se inclinou e suspendeu a mala.

— Que peso! — ela disse, e deu um risinho estranho. — Deixe-me carregá-la! Até o portão.

— Não, por que deveria? — perguntou William. — Claro que não. Dê-me.

— Oh, por favor, deixe-me — disse Isabel. — Quero mesmo, realmente. — Andaram juntos em silêncio. William sentiu que não havia nada a dizer agora.

— Aí está — disse Isabel triunfante, pousando a mala, e olhando ansiosa em direção à rua de terra. — Parece que mal o vi desta vez — disse, ofegante. — É tão rápido, não é? Sinto que você acaba de chegar. Da próxima vez... — O táxi apareceu. — Espero que cuidem bem de você em Londres. Sinto tanto que os bebês tenham saído o dia todo, mas a srta. Neil já o tinha planejado. Vão detestar perdê-lo. Pobre William, voltando para Londres. — O táxi fez a curva. — Adeus! — Ela lhe deu um beijinho apressado; desaparecera.

Campos, árvores, cercas flutuavam. Sacolejavam pela cidadezinha vazia, de aparência indistinta, rangendo pela íngreme subida até a estação. O trem estava parado. William rumou diretamente para um vagão de fumantes de primeira classe, atirou-se num canto, mas desta vez deixou os papéis de lado. Cruzou os braços contra o monótono, persistente tormento e começou a escrever uma carta para Isabel.

★ ★ ★

O correio estava, como sempre, atrasado. Estavam sentados no exterior da casa, em espreguiçadeiras, debaixo de para-sóis coloridos. Somente Bobby Kane estava deitado na relva, aos pés de Isabel. Estava monótono, sufocante; o dia enlanguescia como uma bandeira.

—Você acha que haverá segundas-feiras no céu? — perguntou Bobby infantilmente.

E Dennis murmurou:

— O Céu será uma longa segunda-feira.

Mas Isabel não podia deixar de se perguntar sobre o que acontecera com o salmão que comeram no jantar na noite passada. Planejara ter maionese de peixe no almoço agora...

Moira adormecera. Dormir era sua mais recente descoberta. "É *tão* maravilhoso. A pessoa simplesmente fecha os olhos, isso é tudo. É *tão* delicioso."

Quando o velho carteiro corado chegou sacolejando pela rua de terra no seu triciclo, sentia-se que os guidões deveriam ser remos.

Bill Hunt pousou o livro.

— Cartas — disse ele complacente, e todos esperaram. Mas, cruel carteiro — Oh, mundo maligno! Só havia uma, grossa, para Isabel. Nem mesmo um jornal.

— E a minha é só de William, disse Isabel pesarosamente.

— De William, já?

— Ele está lhe devolvendo seus bilhetinhos de casamento?

— Então todo mundo recebe bilhetes de casamento? Pensei que eram apenas para empregados.

— Páginas e páginas! Olhe só para ela! Uma Dama lendo uma Carta! — disse Dennis.

Minha querida, preciosa Isabel. Havia páginas e páginas. À medida que lia, o sentimento de surpresa de Isabel se transformou em sufocação. O que sobre a Terra teria induzido William a...? Como era extraordinário que... O que poderia tê-lo feito...? Sentia-se confusa, mais e mais excitada, até mesmo assustada. Era exatamente como William. Seria mesmo? Era absurdo, claro, tinha de ser absurdo, ridículo. "Ah, ah, ah! Oh, Deus!" O que ela devia fazer? Isabel se recostou com força na cadeira e riu até não mais poder parar.

—Vamos, conte para nós — disseram os outros. — Precisa nos contar.

— Estou ansiosa por fazê-lo — murmurou Isabel. Retesou-se na cadeira, ajuntou a carta e a sacudiu diante deles. — Façam um círculo — disse ela. — Ouçam, é maravilhoso demais. Uma carta de amor!

— Uma carta de amor! Mas que divino! — *Querida, preciosa Isabel.* Contudo, mal começara quando o riso deles a interrompeu.

— Continue, Isabel, é perfeita.

— É a descoberta mais maravilhosa.

— Oh, por favor, continue, Isabel!

Deus não permita, minha querida, que eu seja um empecilho à sua felicidade.

— Oh! oh! oh!

— Shsh! Shsh! Shsh!

E Isabel continuou. Ao chegar ao final, eles estavam histéricos: Bobby rolava na relva, quase soluçando.

—Você tem de me deixar colocá-la exatamente como está, inteira, no meu novo livro — disse Dennis com firmeza. — Vou lhe dedicar todo um capítulo.

— Oh, Isabel — lamentou Moira —, aquele trecho maravilhoso sobre tê-la em seus braços!

— Sempre pensei que aquelas cartas nos casos de divórcio fossem fabricadas. Mas elas são uma pálida imagem diante desta.

— Deixe-me segurá-la. Deixe-me lê-la com meus próprios olhos — disse Bobby Kane.

Mas, para sua surpresa, Isabel amassou a carta na mão. Já não ria. Relanceou-os a todos; parecia exausta.

— Não, não justo agora. Não justo agora — gaguejou.

E antes que pudessem se recobrar, correra para dentro da casa, atravessara o saguão e subira a escada para seu quarto. Ali se sentou na beirada da cama. — Que perverso, odiento, abominável, vulgar — murmurava Isabel. Apertava os olhos com os nós dos dedos e oscilava para frente e para trás. E de novo ela os viu, mas não quatro, mais parecendo quarenta, rindo, zombando, escarnecendo, esticando as mãos enquanto ela lia a carta de William. Oh, que coisa odienta de se fazer. Como ela poderia tê-lo feito! *Deus proíba, minha querida, que eu seja um empecilho à sua felicidade.* William! Isabel apertou o rosto de encontro ao travesseiro, mas ela sentiu que mesmo aquele quarto solene a conhecia como era, superficial, volúvel, fútil...

Logo se ouviram vozes, vindas do jardim embaixo.

— Isabel, vamos todos nadar. Venha conosco!

— Vem, tu, esposa de William!

— Chame-a de novo antes de irem, chame-a novamente!

Isabel se sentou. Este era o momento, agora teria de decidir. Ela iria com eles, ou ficaria ali e escreveria para William. Qual dos dois, qual dos dois seria? — Preciso me decidir. — Oh, mas como poderia haver qualquer dúvida? Claro que ficaria e escreveria.

— Titania! — disse Moira, em solo.

— Isa-bel?

Não, era difícil demais. — Eu... eu irei com eles, e escreverei para William mais tarde. Em algum outro momento. Mais tarde. Não agora. Mas *certamente* escreverei — pensou Isabel apressadamente.

E, rindo no seu novo modo, desceu a escada.

A viagem

O barco de Picton devia sair às onze e meia. Estava uma noite bonita, suave, estrelada, e apenas quando saíram do táxi e se puseram a andar pelo Velho Desembarcadouro que avançava no porto, um vento leve soprando da água eriçou o chapéu de Fenella, e ela ergueu a mão para segurá-lo. Estava escuro no Velho Desembarcadouro, muito escuro; os barracões de lã, os caminhões de gado, os guindastes se erguendo tão alto, a pequena máquina do trem atarracada, tudo parecia esculpido na solidez da escuridão. Aqui e ali, sobre uma pilha de madeira arredondada, semelhante ao talo de um imenso cogumelo preto, dependurava-se uma lanterna, mas parecia temer expandir sua tímida, trêmula luz em meio a toda aquela escuridão; queimava suavemente, como se para si mesma.

O pai de Fenella avançava com passos rápidos e nervosos. A seu lado a sua avó se agitava em seu casacão negro estalejante; iam tão depressa que ela precisava dar um indigno saltinho, de vez em quando, para manter-se no mesmo ritmo deles. Assim como sua bagagem, amarrada numa destra salsicha, Fenella carregava, agarrado a ela, o guarda-chuva de sua avó, e o cabo, que era uma cabeça de cisne, continuamente lhe dava bicadinhas agudas no ombro, como se também quisesse que ela se apressasse... Homens, com os bonés puxados para baixo, os colarinhos virados para cima, andavam oscilantes; algumas mulheres, todas abrigadas, passavam ali; e um menininho, tendo apenas os bracinhos e perninhas negras para fora de um xale de lã branca, era empurrado irritadamente entre o pai e a mãe; parecia um filhote de mosca que tivesse caído no creme.

Então, repentinamente, tão repentinamente que tanto Fenella quanto sua avó saltaram, atrás do maior depósito de lã, sobre o qual sobrevoava uma trilha de fumaça, soou *Mia-uu-uu-U-U*!

— Primeiro apito — disse o pai dela, breve, e neste momento puderam avistar o barco de Picton. Parado ao longo do embarcadouro escuro, todo enfeitado de contas enfileiradas de luzes redondas douradas, o barco de Picton parecia mais preparado para velejar entre as estrelas do que no mar alto, aberto e frio. As pessoas se apertavam ao longo do passadiço. Primeiro foi a avó, depois o pai, depois Fenella. Havia um degrau alto para descer para o convés, e um velho marinheiro vestido num suéter em pé ali lhe deu a mão seca e áspera. Lá estavam; abriram caminho para as pessoas apressadas e, em pé sob uma escadinha de ferro que levava ao convés superior, começaram a se despedir.

— Aí está, mamãe, aí está sua bagagem! — Disse o pai de Fenella, entregando a vovó outra salsicha amarrada.

— Obrigada, Frank.

— E vocês têm bem guardados os bilhetes da cabine?

— Sim, querido.

— E os outros bilhetes?

Vovó apalpou-os dentro da luva e lhe mostrou as pontas.

— Está bem.

Parecia severo, mas Fenella, observando-o ansiosamente, viu que ele parecia cansado e triste. *Mia-uu-uu-U-U!* O segundo apito soou, logo acima de suas cabeças, e uma voz como um grito berrou:

— Alguém mais para o passadiço?

— Você transmitirá meu carinho a papai — Fenella viu dizerem os lábios do pai. E sua avó, muito agitada, respondeu:

— Claro que sim, querido. Vá agora. Você vai ficar para trás. Vá agora, Frank. Vá agora.

— Está tudo bem, mamãe. Ainda tenho três minutos. — Para sua surpresa, Fenella viu o pai retirar o chapéu. Abraçou muito a vovó de encontro a si. — Deus a abençoe, mamãe! — Ela o ouviu dizer.

E vovó pôs a mão, com a luva de fio negro, que estava rasgada no dedo do anel, de encontro ao rosto dele, e soluçou:

— Deus o abençoe, meu valente filho!

Isto era tão terrível que Fenella logo virou as costas para eles, engoliu uma, duas vezes, e franziu terrivelmente o cenho para uma estrelinha verde no topo de um mastro. Mas teve de se voltar novamente; seu pai estava partindo.

— Adeus, Fenella. Seja uma boa menina. — Seu bigode frio e úmido raspou seu rosto. Mas Fenella agarrou as lapelas de seu casaco.

— Quanto tempo vou ficar? — sussurrou ansiosa. Ele não olhava para ela. Afastou-a gentilmente, e suavemente disse:

— Nós vamos resolver isso. Aqui! Onde está sua mão? — Apertou alguma coisa na palma. — Aqui está um xelim, caso você precise.

Um xelim! Ela poderia viajar para sempre!

— Papai! — gritou Fenella. Mas ele havia partido. Foi o último a deixar o barco. Os marinheiros afastaram com seus ombros o passadiço. Um amplo cabo de corda escura voou pelo ar e caiu com um baque no embarcadouro. Um sino tocou; um apito soou. Silenciosamente o embarcadouro escuro começou a deslizar, a escorregar, a se afastar gradualmente para longe deles. E agora houve um turbilhão de água de permeio. Fenella se esforçou para ver, com toda a força. "Era papai se virando? — ou acenando? — ou em pé sozinho? — ou se afastando a pé solitário?" A faixa de água aumentou, escureceu. Agora o barco de Picton começou a virar, estável, apontando para o mar. Não adiantava mais olhar. Nada mais havia para ser visto, exceto algumas luzes, o mostrador do relógio da cidade dependurado no ar, e mais as luzes, em pequenas manchas, por sobre os morros escuros.

O vento, esfriando, repuxava as saias de Fenella; ela retornou para sua avó. Para seu alívio, a avó já não parecia triste. Empilhara as duas salsichas de bagagem e se sentara sobre elas, com as mãos cruzadas, a cabeça um tanto inclinada de lado. Havia um olhar intenso e iluminado em seu rosto. Então Fenella viu que seus lábios se moviam e adivinhou que estava rezando. Mas a senhora idosa lhe fez um vivo aceno de cabeça, como a indicar que já estava terminando a oração. Descruzou as mãos, suspirou, voltou a cruzá-las, se inclinou para frente, e finalmente se sacudiu levemente.

— E agora, menina? — disse ela, apalpando o gorro para verificar as tiras ao seu redor. — Acho que devemos tratar de procurar nossas cabines. Mantenha-se perto de mim, e cuidado para não escorregar.

— Sim, vovó!

— E cuidado para os guarda-chuvas não se prenderem no corrimão da escada. Vi um lindo guarda-chuva se quebrar ao meio, assim, na minha viagem de vinda.

— Sim, vovó.

Figuras escuras de homens se apoiavam pelas amuradas. Ao brilho de seus cachimbos, brilhava ora um nariz, ora o topo de um boné, ora um par de sobrancelhas parecendo surpresas. Fenella ergueu os olhos. Alto, no ar, uma figurinha, parada, a mão enfiada nos bolsos da jaqueta curta, olhava para o mar aberto. O navio balançava um pouquinho, e ela achava que as estrelas balançavam também. E agora, um garçom pálido, vestido num casaco de linho e segurando uma bandeja no alto, na palma da mão, emergiu de uma porta e passou deslizando por elas. Elas atravessaram esta mesma porta. Cuidadosamente, saltaram o alto degrau coberto de liga de ferro, para o tapete de borracha, e novamente desceram um lance de escadas tão terrivelmente íngreme que vovó tinha de colocar ambos pés em cada degrau, e Fenella agarrou o viscoso corrimão de latão e se esqueceu de tudo sobre o guarda-chuva de cabo de cisne.

Embaixo, vovó parou; Fenella tinha muito medo de que ela fosse novamente rezar. Mas não, era apenas para retirar os bilhetes da cabine. Estavam no salão. Era brilhante e sufocante; o ar cheirava a tinta, costeletas queimadas e borracha. Fenella gostaria que sua avó prosseguisse, mas a idosa senhora não se faria apressar. Uma imensa cesta cheia de sanduíches de presunto atraiu o olhar dela. Rumou para eles e tocou delicadamente o de cima com o dedo.

— Quanto custam os sanduíches? — perguntou.

— Dois tostões! — berrou um garçom grosseiro, atirando uma faca e um garfo.

Vovó mal podia crê-lo.

— Dois tostões *cada*? — perguntou.

— Isso mesmo — disse o garçom, e piscou para seu companheiro.

Vovó fez uma cara pequena, perplexa. Então, sussurrou afetadamente para Fenella: "Que maldade!" E elas deslizaram para a porta mais distante e ao longo de um corredor que tinha cabines de ambos os lados. Uma camareira muito simpática veio ao seu encontro. Estava toda vestida de azul, e o colarinho e os punhos estavam abotoados com grandes botões de latão. Parecia conhecer bem vovó.

— Bem, sra. Crane — disse ela, destrancando seu lavatório. — Aqui a temos de novo. Não é sempre que reserva para si uma cabine.

— Não — disse vovó. — Mas desta vez a atenção do meu querido filho…

— Espero… — começou a camareira. Então se virou e lançou um prolongado olhar pesaroso para o luto de vovó e o casaco e a saia negros, a blusa também negra e o chapéu com uma rosa de crepe de Fenella.

Vovó concordou com a cabeça.

— Foi a vontade de Deus — disse ela.

A camareira apertou os lábios e, inspirando profundamente, pareceu se expandir.

— O que eu sempre digo é — falou, como se fosse uma descoberta sua —, mais cedo ou mais tarde cada um de nós tem de se ir, e isto "é com certeza". Ela se interrompeu. — Bem, posso lhe trazer alguma coisa, sra. Crane? Uma xícara de chá? Sei que não adianta lhe oferecer uma bebidinha para afastar o frio.

Vovó negou com a cabeça.

— Nada, obrigada. Temos alguns biscoitos de vinho, e Fenella tem uma banana muito bonita.

— Então volto aqui mais tarde — disse a camareira, e saiu, fechando a porta.

Que cabine tão mínima que era aquela! Era como estar encerrada numa caixa com vovó. A escotilha escura, acima do lavatório, brilhava para eles cegamente. Fenella sentiu-se intimidada. Ficou de pé de encontro à porta, ainda agarrando a bagagem e o guarda-chuva. Iam tirar a roupa ali dentro? Já vovó tirara seu gorro e, enrolando as tiras, prendera cada uma com um alfinete antes de dependurá-lo. Seu cabelo branco brilhava como seda; o coquezinho atrás estava recoberto por uma rede preta. Fenella quase nunca via sua avó com a cabeça descoberta; parecia estranha.

— Usarei a echarpe de lã na cabeça, que sua querida mãe fez em crochê para mim — disse vovó, e, desafivelando a salsicha, retirou a echarpe e a enrolou em volta da cabeça; uma franja de borlas cinzas começou a dançar diante de suas sobrancelhas, enquanto sorria, suave e tristemente, para Fenella. Então ela desabotoou o corpete, e mais alguma coisa debaixo disso, e mais alguma coisa embaixo disso. Então parece ter havido uma rápida, aguda luta, e vovó se animou levemente, Snip! Snap! Tinha soltado as ligas. Respirou aliviada e, sentada no sofá de pelúcia, lenta e cuidadosamente retirou suas botas de elástico nas laterais e as colocou lado a lado.

Quando Fenella tirou o casaco e a saia e vestira sua camisola de flanela, vovó já estava pronta.

— Preciso retirar minhas botas, vovó? São de atacador.

Vovó as observou atentamente, por um momento.

— Você se sentiria muito mais confortável se tirasse, menina — disse ela. Beijou Fenella. — Não esqueça de rezar. Nosso querido Senhor está conosco quando estamos no mar, mais ainda do que quando estamos em terra. E porque tenho muita experiência em viagens — disse vovó vivamente — dormirei no beliche de cima.

— Mas, vovó, como vai subir até lá?

Três passinhos como de uma aranha foram tudo que Fenella viu. A idosa senhora soltou um risinho abafado antes de subir entorpecidamente e olhar do alto do beliche para a perplexa Fenella.

—Você não achava que sua vovó podia fazer isso, achava? — disse ela. E, ao se deitar, Fenella ouviu novamente seu leve riso irônico.

O quadrado duro de sabão marrom não criava espuma e a água na garrafa parecia uma espécie de geleia azul. Como era difícil, também, dobrar para baixo esses lençóis duros; simplesmente se tinha de forçar o caminho dentro deles. Se tudo tivesse sido diferente, Fenella poderia ter caído na risada... Finalmente entrou, e enquanto ficou deitada arquejando, soou acima um longo suave sussurro, como se alguém estivesse se roçando suavemente entre papel de seda, procurando algo. Era vovó rezando...

Muito tempo se passou. Foi então que a camareira entrou, caminhou suavemente e apoiou a mão no beliche de vovó.

— Estamos entrando nesse momento nos Estreitos — disse ela.

— Oh!

— Está uma bela noite, mas estamos muito vazios. Talvez o barco balance um pouco.

E, de fato, neste momento o barco de Picton começou a subir e ficou suspenso no ar o tempo suficiente para dar um calafrio antes que descesse novamente, e houve um som de água pesada batendo contra as lareiras. Fenella se lembrou de que deixara o guarda-chuva de pescoço de cisne encostado em pé sobre o pequeno sofá. Se caísse, se quebraria? Mas vovó teve a mesma lembrança, ao mesmo tempo.

— Será que não se importaria, camareira, de deitar o meu guarda--chuva? — sussurrou.

— De modo algum, sra. Crane. — E a camareira, retornando até vovó, murmurou:

— Sua netinha está dormindo tão profundamente.

— Pobre criancinha órfã! — disse a camareira. E vovó continuava contando à camareira tudo o que acontecera quando Fenella adormeceu.

Mas não dormira o suficiente para sonhar antes que voltasse a acordar para ver algo balançando no ar acima de sua cabeça. Que era? O que poderia ser? Era um pezinho cinzento. Agora outro reapareceu. Pareciam estar apalpando em busca de alguma coisa; de lá veio um suspiro.

— Estou acordada, vovó — disse Fenella.

— Oh, querida, estou perto da escada? — perguntou vovó. — Pensei que fosse nesta extremidade.

— Não, vovó, fica do outro lado. Vou pôr o seu pé na escada. Já chegamos? — perguntou Fenella.

— No porto — disse vovó. — Precisamos nos levantar, menina. É melhor você comer um biscoito para se firmar antes de se movimentar.

Mas Fenella já saltara para fora do beliche. A luz ainda ardia, mas a noite se fora, e estava frio. Espiando por aquele olho redondo, podia ver ao longe algumas rochas. Ora estavam esparsamente cobertas de espuma; ora uma gaivota sobrevoava; e agora surgiu uma longa ponta de terra de verdade.

— É a terra, vovó — disse Fenella, admirada, como se estivessem estado ao largo por semanas. Ela se envolveu com os braços; ficou de pé numa perna só e a esfregou com os dedos do outro pé; tremia. Oh, tudo fora tão triste ultimamente. Iria mudar? Mas tudo que a sua avó dizia era:

— Apresse-se, menina. Eu deixaria sua bela banana para a camareira, já que não a comeu.

E Fenella vestiu novamente suas roupas negras, e um botão saltou de uma de suas luvas e rolou para onde não conseguiu apanhá-lo. Subiram para o convés.

Mas se estava frio na cabine, no convés estava um gelo. O sol ainda não nascera, mas as estrelas apareciam vagamente, e o pálido céu azul tinha a mesma cor que o pálido e frio mar. Na terra uma névoa branca subia e descia. Agora podiam ver com alguma nitidez os arbustos escuros. Até mesmo as formas das samambaias umbeladas se mostravam, e aquelas estranhas árvores prateadas murchas que parecem esqueletos... Agora podiam ver a plataforma de desembarque e algumas casinhas, também pálidas, amontoadas, como conchas sobre a tampa de uma caixa. Os outros passageiros perambulavam para cima e para baixo, mas com maior lentidão que na noite anterior, e pareciam sombrios.

E agora a plataforma de desembarque avançou ao seu encontro. Lentamente flutuou rumo ao barco de Picton, e um homem segurando um cabo enrolado, e uma carroça com um cavalinho fraquejando e outro homem sentado na escada também se aproximaram.

— É o sr. Penreddy, Fenella, que veio nos buscar — disse vovó. Parecia satisfeita. Suas bochechas, como cera branca, estavam azuis de frio, o queixo tremia, e tinha de ficar enxugando os olhos e o pequeno nariz rosa.

— Você está com meu...

— Estou, vovó. — Fenella o mostrou a ela.

O cabo veio voando pelo ar, e caiu com um baque no convés. Baixaram o passadiço. Novamente Fenella seguiu sua avó até o desembarcadouro e subiu na pequena carroça, e num momento se afastaram balouçantes. Os cascos do cavalinho martelaram pelas estacas de madeira do cais, depois afundaram suavemente na estrada de terra. Não se via uma única alma; não havia a menor sombra de fumaça. A névoa se alçou e sumiu, e o mar ainda ecoava adormecido ao lentamente estourar na praia.

— Ont' eu vi o sinhô Crane — disse o sr. Penreddy. — Ele parecia refeito. A "muié" "cozinhô" pra ele um monte de bolinhos de aveia, semana passada.

E agora o cavalinho se deteve diante de uma das casas semelhantes a conchas. Eles desceram. Fenella pousou a mão no portão, e as grandes e trêmulas gotas de orvalho penetraram pelas pontas das luvas, umedecendo-as. Subiram por uma pequena alameda de cascalho branco, com flores dormideiras encharcadas de cada lado. Os delicados cravos brancos de vovó estavam tão pesados de orvalho que estavam inclinados, mas seu cheiro doce fazia parte da manhã fria. As venezianas estavam abaixadas na casinha; subiram a escada até a varanda. Um par de velhas botas de cano curto estava de um lado da porta, e um grande regador vermelho do outro.

— Silêncio! Seu vovô — disse vovó. Virou a maçaneta. Nenhum som. Ela gritou: — Walter! — E imediatamente uma voz profunda, soando meio abafada, respondeu: — É você, Mary?

— Espere, querida — disse vovó. — Entre ali. — Ela empurrou Fenella gentilmente numa sala de estar sombria.

Sobre a mesa um gato branco, que estivera enrolado como um camelo, se ergueu, se espreguiçou, bocejou, e depois saltou sobre as pontas dos dedos. Fenella afundou uma das mãozinhas no pelo branco e morno, e sorriu timidamente enquanto acariciava e ouvia a voz gentil de vovó e os tons ressoantes de vovô.

Uma porta rangeu. — Entre, querida. — A velha acenou, Fenella seguiu. Lá, num canto da imensa cama, estava deitado vovô. Apenas a cabeça, com o tufo branco e o rosto rosado e uma longa barba prateada, surgiam fora do edredom. Parecia um pássaro muito velho bem acordado.

— Bem, minha menina! — disse vovô. — Dê-nos um beijo! — Fenella o beijou. — Ugh! — disse vovô. — Seu narizinho está frio como um botão. O que é isso que está segurando? O guarda-chuva da vovó?

Fenella voltou a sorrir, e dependurou o pescoço de cisne na grade da cama. Acima desta havia um grande texto enquadrado numa moldura negra:

Partida! Uma Hora Dourada
Cravejada com Sessenta Minutos de Diamante.
Nenhuma Recompensa é Ofertada
Pois Está PARA SEMPRE PERDIDA!

— Sua avó pintou isso — disse vovô. E ele coçou o seu tufo de cabelo branco e olhou para Fenella tão feliz que ela quase imaginou que ele piscava para ela.

A srta. Brill

Embora o dia estivesse tão belo e brilhante — o céu azul pontilhado de ouro e grandes manchas de luz, como vinho branco espalhado sobre os Jardins Publiques — a srta. Brill sentia-se feliz em se ter resolvido pela estola. O ar estava imóvel, mas quando se abria a boca havia um ligeiro frio, como o frio de um copo de água gelada antes de se bebericar, e de vez em quando uma folha caía flutuando — vinda de lugar nenhum, ou do céu. A srta. Brill ergueu a mão e tocou a sua estola. Que adorável coisinha! Era agradável senti-la novamente. Tirara-a da sua caixa naquela tarde, sacudira o pó do mofo, dera-lhe uma boa escovadela, e reacendera a vida nos seus olhinhos baços. — O que tem acontecido comigo? — diziam os olhinhos tristes. Oh, como era doce os ver se lançarem para ela novamente desde o edredom vermelho!... Mas o nariz, que era do mesmo material negro, não estava nada firme. Deve ter levado um baque, de alguma forma. Não importa — uma leve aplicação de cera negra de vedação, quando chegasse o momento — quando fosse absolutamente necessário... Que malandrinho! Sim, ela realmente sentia isso a esse respeito. O tratantezinho mordendo a própria cauda bem perto de seu ouvido esquerdo. Ela poderia tê-lo tirado e o deitado em seu colo e o acariciado. Sentia um formigamento em suas mãos e braços, mas supunha que isto advinha de caminhar. E quando ela respirava, algo leve e triste — não, exatamente triste não —, alguma coisa gentil parecia se mover em seu peito.

Havia um bom número de pessoas passeando esta tarde, bem mais do que no domingo anterior. E a banda soava mais alto e mais alegre. Isto era porque a Estação começara, pois, embora a banda tocasse durante todo o ano aos domingos, nunca era a mesma coisa fora da estação. Era como alguém tocando apenas para a própria família; não se importava se tocava bem se não houvesse ali estranhos. Não estaria o maestro vestindo um novo casaco, também? Tinha certeza de que era novo. Ele raspava o pé e agitava os braços como um galo a ponto de cacarejar, e os músicos sentados no coreto verde enchiam as bochechas e fitavam as músicas fixamente. Agora tocaram um trecho um pouco "aflautado" — muito bonito! — um pequeno colar de gotas brilhantes. Tinha certeza de que o repetiriam. Foi repetido; ela ergueu a cabeça e sorriu.

Apenas duas pessoas partilhavam seu assento "especial": um distinto senhor vestindo um casaco de veludo, as mãos apertadas sobre uma grande bengala entalhada, e uma enorme senhora idosa, sentada ereta, com um novelo de tricô sobre o avental bordado. Não falavam. Isto era desapontante, pois a srta. Brill sempre ansiava por uma conversa. Tinha se tornado realmente muito hábil, pensava, em ouvir como se não ouvisse, em entrar nas vidas dos outros só por um minuto, enquanto conversavam a sua volta.

Ela relanceou os olhos para o casal idoso. Talvez se fossem logo. O domingo passado, também, não fora tão interessante como de costume. Um inglês e sua esposa, ele vestindo um horrível chapéu Panamá e ela, botas de abotoar. E ela falara ininterruptamente sobre como precisava usar óculos; sabia que precisava; mas que não adiantava comprá-los; era certo que quebrassem e nunca ficavam presos. E ele fora tão paciente. Havia sugerido tudo — aros dourados, o tipo que contornava as orelhas, pequenas almofadas no lado interno da ponte. Não, nada lhe agradava. — Eles vão sempre escorregar pelo meu nariz abaixo! — A srta. Brill desejara sacudi-la.

As pessoas idosas se assentavam no banco, quietas como estátuas. Não importa, havia sempre a multidão para observar. Para cima e para baixo, diante dos canteiros e do coreto da banda, os casais e grupos desfilavam, paravam para conversar, cumprimentar, comprar um punhado de flores do velho mendigo que prendera o tabuleiro nas grades. Criancinhas corriam entre eles, disparando e rindo; menininhos com grandes gravatas-borboleta de seda branca embaixo dos queixos, menininhas, como bonecas francesas, vestidas de veludo e renda. E algumas vezes uma criancinha cambaleante se aproximava balançando-se, e surgia de repente de sob as árvores, se detinha, observava, e também de repente se sentava — Pá! Até que sua mãezinha apressada corria em seu auxílio, advertindo-a, como uma jovem galinha. Outras pessoas se sentavam nos bancos e cadeiras verdes, mas eram quase sempre as mesmas, domingo após domingo, e — a srta. Brill frequentemente notara — havia algo engraçado em quase todas elas. Eram estranhas, silenciosas, na grande maioria velhas, e, pela forma como encaravam, pareciam ter acabado de sair de quartinhos escuros ou mesmo — ou mesmo de guarda-louças!

Atrás do coreto, as árvores esguias de folhas amarelas despencavam, e através delas havia apenas a linha do mar, e mais além, o céu azul com nuvens de veios dourados.

Tum-tum-tum pum-pum! Titu-tum! Tum ta-ta-ri-tatá! — soou a banda.

Duas jovenzinhas de vermelho se aproximaram e dois jovens soldados de azul foram ao seu encontro, e eles riram, formando pares, e se retiraram de braços dados. Passaram duas operárias, usando engraçados chapéus de palha, gravemente puxando burros de linda cor de fumaça. Uma freira pálida e fria passou correndo. Uma linda mulher se aproximou e deixou cair seu ramo de violetas, e um menininho correu atrás dela para as entregar, e ela as pegou e as atirou longe, como se estivessem envenenadas. Puxa! A srta. Brill não sabia se deveria admirar isso ou não! E agora um barrete de arminho e um cavalheiro de cinza se encontraram bem à sua frente. Ele era alto, rígido, digno, e ela vestia um barrete de arminho que comprara quando tinha o cabelo louro. Agora, tudo, o cabelo, o rosto, até mesmo os olhos, tinham o mesmo tom que o arminho desbotado, e sua mão, na luva muito lavada, se ergueu para tocar de leve a boca, como uma patinha amarelada. Oh, como estava feliz em vê-lo — encantada! Ela bem que pensara que iam mesmo se encontrar naquela tarde. Ela descreveu onde estivera — em toda parte, aqui, ali, ao longe, no mar. O dia estava tão encantador — ele não concordava? E ele não gostaria, talvez?... Mas ele balançou negativamente a cabeça, acendeu um cigarro, expeliu lentamente uma grande baforada no rosto dela e, mesmo enquanto ela ainda falava e ria, atirou o fósforo fora e continuou a caminhar. O barrete de arminho ficou sozinha; ela sorria mais brilhantemente do que nunca. Mas até mesmo a banda parecia saber o que ela sentia e tocou mais suavemente, tocou mais gentilmente, e o tambor tocou: "O Grosseiro! O Grosseiro!" — repetidas vezes. O que faria ela? O que aconteceria agora? Mas, enquanto a srta. Brill se perguntava isso, o barrete de arminho se voltou, ergueu a mão como se tivesse visto outra pessoa, muito mais agradável, logo ali adiante, e bateu em retirada. E a banda mudou de novo de música, tocando mais rápido, mais alegre do que nunca, e o velho casal no banco da srta. Brill se levantou e partiu marchando ao ritmo da música, e um velho muito engraçado, com longos bigodes, passou mancando bem no compasso da música e foi quase derrubado por quatro jovens meninas que andavam emparelhadas.

Oh, como era fascinante! Como ela o apreciava! Como ela amava se sentar ali, observando tudo! Era como numa peça. Era exatamente como numa peça. Quem poderia acreditar que o céu ao fundo não era pintado? Mas não foi senão quando um cãozinho marrom se aproximou trotando e se afastou trotando, como um cãozinho de "teatro", que tivesse sido treinado, é que a srta. Brill descobriu o que o tornava tão excitante. Estavam todos no palco. Não eram apenas o público, não apenas olhavam; estavam atuando. Até ela tinha seu papel, todo domingo. Sem dúvida alguém notaria se ela não estivesse ali; era parte da atuação, afinal. Que estranho que nunca tivesse pensado nisso antes! E, contudo, isso explicava por que fazia tanta questão de sair de casa exatamente à mesma hora todas as semanas — de modo a não se atrasar para a encenação — e também explicava por que tinha um sentimento tímido e estranho ao contar a seus alunos de inglês como passava suas tardes de domingo. Não é de espantar! A srta. Brill quase ria alto. Estava no palco. Pensou no velho senhor inválido para quem lia o jornal quatro tardes por semana enquanto ele dormia no jardim. Acostumara-se com a frágil cabeça sobre o travesseiro de algodão, os olhos vazios, a boca aberta e o nariz alto e afilado. Se ele morresse, ela poderia não o notar por semanas; nem teria se incomodado. Mas, repentinamente, ele percebia que o jornal lhe era lido por uma atriz! "Uma atriz!" A velha cabeça se ergueu; dois pontos de luz tremeram nos velhos olhos. " Você é uma atriz?" E a srta. Brill alisou o jornal como se fosse o manuscrito de seu papel, dizendo gentilmente: "Sim, fui atriz muito tempo."

A banda estivera descansando. Agora recomeçara. E o que tocava era morno, ensolarado, e, contudo, havia algo ligeiramente gelado — alguma coisa, o que seria? — não tristeza — não, não tristeza — um algo que fazia a pessoa desejar cantar. A canção se elevava, se erguia, a luz brilhava; e parecia à srta. Brill que, no momento seguinte, todos eles, toda a companhia, começariam a cantar. Os jovens e os risonhos, que se movimentavam juntos, começariam, e as vozes masculinas, bem resolutas e corajosas, os seguiriam. E então, também ela, ela também, e os outros, nos bancos — entrariam com um tipo de acompanhamento — algo baixo, que raramente subia ou descia, algo tão lindo — emocionante... E os olhos da srta. Brill se encheram de lágrimas e ela olhou risonha para todos os outros membros da companhia. Sim, nós compreendemos, nós compreendemos, ela pensou — embora o que compreendesse ela não sabia.

Naquele mesmo momento um jovem e uma jovem se aproximaram e se sentaram onde o velho casal estivera. Estavam lindamente vestidos; estavam apaixonados. O herói e a heroína, é claro, acabavam de chegar do iate do pai dele. E ainda cantando sem som, ainda com aquele sorriso trêmulo, a srta. Brill se preparou para escutar.

— Não, agora não — disse a moça. — Aqui não, não posso.

— Por que não? Por causa daquele traste velho ali no canto? — perguntou o jovem. — Por que ela vem cá, quem a quer aqui? Por que ela não guarda sua velha cara feia e besta em casa?

— É a sua estola de pe-pele que é muito engraçada — riu com ironia a menina. — Parece exatinho uma pescada frita.

— Ah, pare com isso! — disse o jovem num sussurro zangado. E então:
— Diga-me, *ma petite chère*...

— Não, aqui não — disse a jovem. — Ainda não.

★ ★ ★

Ao voltar para casa, sempre comprava um pedaço de bolo de mel na padaria. Era seu luxo de domingo. Algumas vezes havia uma amêndoa no seu pedaço, outras não. Fazia uma grande diferença. Se houvesse uma amêndoa, era como se levasse para casa um delicado presente — uma surpresa — algo que poderia muito bem não estar ali. Ela se apressava nos domingos de amêndoa e acendia o fósforo para aquecer a chaleira de um modo bastante enérgico.

Mas hoje ela passou pela padaria, subiu a escada, entrou no quartinho escuro — seu quarto parecido com um guarda-louças — e se assentou no edredom vermelho. — Sentou-se ali por muito tempo. A caixa da qual saíra a estola de pele estava sobre a cama. Desamarrou o laçarote rapidamente; rapidamente, sem olhar, colocou-a no interior. Mas, ao fechar a tampa, achou que ouviu alguma coisa chorando.

O primeiro baile dela

Exatamente quando o baile começou, teria sido difícil para Leila dizer. Talvez seu primeiro par realmente fosse o táxi. Não importa se ela partilhou o táxi com as jovens Sheridan e seu irmão. Ela se assentou ao fundo, num cantinho, e o apoio estofado sobre o qual sua mão repousava lhe dava a sensação da manga do terno de um jovem desconhecido; e para diante eles rodavam, para além de postes, e casas, cercas e árvores, que valsavam.

— É verdade que você nunca foi a um baile antes, Leila? Mas, menina, que coisa mais estranha... — exclamaram as jovens Sheridan.

— Nosso vizinho mais próximo está a trinta quilômetros — disse Leila suavemente, abrindo e fechando o leque com gentileza.

Oh!, meu Deus, como era difícil ser diferente como as outras! Ela tentava não sorrir muito; tentava não se importar. Mas cada coisa era tão nova e excitante... As tuberosas de Meg, o longo laço cor de âmbar, de Jose, a cabeça escura da pequena Laura, erguendo-se acima de sua pele branca como uma flor através da neve. Ela se lembraria para sempre. Até lhe dava uma dor profunda ver seu primo Laurie atirar fora os pedaços de papel de seda que ele puxava dos fechos de suas luvas novas. Ela gostaria de ter guardado esses pedaços de papel como uma lembrança. Laurie se reclinou para frente e pousou a mão no joelho de Laura.

— Olhe aqui, querida — disse ele. — A terceira e a nona, como de hábito. Que tal?

Oh, como era maravilhoso ter um irmão! Em sua exaltação, Leila sentiu que, se houvesse tempo, senão tivesse sido impossível, ela não poderia ter deixado de chorar por ser filha única, e por nenhum irmão lhe ter dito alguma vez "Quer dançar?"; e nenhuma irmã já lhe ter dito, um dia, como Meg disse a Jose naquele momento — Nunca vi seu cabelo ficar tão bem, preso no alto da cabeça, como essa noite!

Mas, é claro, não havia tempo. Já estavam no salão social; havia táxis na frente e atrás deles. A rua estava iluminada de ambos os lados por lampiões que se moviam como ventiladores, e na calçada alegres casais pareciam flutuar; sapatinhos de cetim perseguiam-se como passarinhos.

— Segure-se a mim, Leila; você vai se perder — disse Laura.

— Venham, meninas, vamos abrir caminho para entrarmos — disse Laurie.

Leila pousou dois dedos na capa de veludo rosa de Laura, e ambas foram de algum modo suspensas para além da grande lanterna dourada, carregadas pelo corredor e empurradas para dentro da saleta marcada com "Senhoras". Aqui a multidão era tão grande que mal havia espaço para retirar suas coisas; o ruído era ensurdecedor. Dois bancos de ambos os lados estavam amontoados de agasalhos até o alto. Duas senhoras de aventais brancos corriam para cima e para baixo erguendo novas braçadas. E todos pressionavam para frente, tentando atingir a pequena penteadeira e espelho na extremidade oposta.

Um grande jato trêmulo de luz a gás iluminou a saleta das senhoras. O jato não podia esperar; já era a dança. Quando a porta voltou a se abrir e do salão social prorrompeu a música, o jato saltou quase até o teto.

Jovens de cabelo escuro e de cabelo claro se ajeitavam, experimentando novas fitas, enfiando os lenços na parte fronteira dos corpetes, alisando luvas brancas como mármore. E, porque todas riam, parecia a Leila que todas eram adoráveis.

— Não há grampos invisíveis? — exclamou uma jovem. — Que coisa mais extraordinária! Não consigo encontrar um único grampo invisível.

— Empoe minhas costas, por favor, queridinha — exclamou outra pessoa.

— Preciso de uma agulha e linha. Simplesmente rasguei quilômetros e quilômetros de babado — lamentou-se uma terceira.

E então: — Passe-os adiante, passe-os adiante! — A cesta de programas era atirada de braço a braço. Delicados programinhas rosa e prateados, com lápis cor-de-rosa e borlas macias. Os dedos de Leila tremeram ao retirar um da cesta. Queria perguntar a alguém: — "Também posso pegar um?" — mas apenas teve tempo para ler: "Valsa número 3. *Dois, dois numa canoa.* Polca 4. *Fazendo as penas voarem*" — quando Meg exclamou: — Pronta, Leila? — e elas forçaram o caminho pela multidão no corredor, rumo às duas portas duplas do salão social.

A dança ainda não começara, mas a banda já cessara de afinar os instrumentos, e o rumor era tanto que até parecia, quando realmente começasse a tocar, que nunca seria ouvida. Leila, se apertando a Meg, olhando por sobre o ombro de Meg, sentiu que até mesmo as pequenas bandeiras trêmulas coloridas dispostas ao longo do teto falavam. Ela se esqueceu da timidez; se esqueceu de como, enquanto se vestia, se sentara na cama com um pé descalço e outro calçado e implorara à mãe para telefonar a seus primos dizendo que ela, afinal, não poderia ir. E a agitação de ânsia que sentira, ao se sentar na varanda de sua casa abandonada, longe, no campo, ouvindo os filhotes de corujinhas gritando "Oh! Ohiem!" à luz da lua, se transformou numa inundação de alegria tão doce que era difícil de se suportar sozinha. Ela agarrou o leque e, fixando o chão brilhante e dourado, as azaleias, as lanternas, o palco numa extremidade, com seu tapete vermelho e cadeiras douradas e a banda a um canto, pensou, excitada: "Como é paradisíaco; como é simplesmente paradisíaco!"

Todas as moças se agruparam, em pé, de um lado das portas, e os jovens, do outro, e as acompanhantes, de vestidos escuros, sorriam de modo bastante tolo, enquanto caminhavam com passinhos cuidadosos pelo chão encerado rumo ao palco.

— Esta é minha priminha do interior, Leila. Seja gentil com ela. Encontre pares para ela; está sob minha proteção — disse Meg, dirigindo-se a uma jovem após a outra.

Rostos estranhos sorriam para Leila — suave e vagamente. Estranhas vozes respondiam: — Claro, minha querida. — Mas Leila sentiu que as moças não a viam, realmente. Olhavam para os homens. Por que os homens não começavam? O que estavam esperando? Ali ficavam eles, de pé, alisando as luvas, apalpando o cabelo lustroso e sorrindo entre si. Então, de modo repentino, como se tivessem acabado de se decidir sobre o que tinham a fazer, os homens se aproximaram, deslizando pelo soalho. Houve um alvoroço alegre entre as moças. Um homem jovem e louro lançou-se para Meg, agarrou o seu programa, rabiscou algo: Meg o passou para Leila. — Pode me dar o prazer? — Ele fez uma profunda reverência e sorriu. Aproximou-se um homem de cabelo preto e usando monóculo, depois vieram o primo Laurie com um amigo, e Laura, com um sujeitinho de sardas que tinha a gravata torta. Então um homem bastante velho — gordo, com uma grande calva — tomou seu programa e murmurou: — Deixe-me ver, deixe-me ver! — E ficou um longo tempo comparando o programa dele, que parecia cheio de nomes, com o dela. Isso pareceu lhe dar tanto trabalho que Leila ficou constrangida. — Oh, por favor, não se importune — ela disse ansiosamente. Mas em vez de responder, o homem gordo escreveu algo, e a relanceou de novo. — Eu me lembro deste rostinho brilhante? — disse ele suavemente. — Já me é conhecido de antes? — Neste momento, a banda começou a tocar; o homem gordo desapareceu. Ele foi arrancado por uma ampla onda sonora, a qual voava sobre o chão brilhante, rompendo os grupos em pares, dispersando-os, lançando-os em rodopios...

Leila aprendera a dançar no colégio interno. Todas as tardes de sábado as internas eram instadas a irem a um pequeno salão da missão, de ferro ondulado, onde a srta. Eccles (de Londres) dava suas aulas "de elite". Mas a diferença entre aquele salão cheirando a poeira — com textos estampados nas paredes, a pobre mulherzinha num barrete de veludo marrom com orelhas de coelho martelando aterrorizada no piano frio, a srta. Eccles cutucando os pés das meninas com sua longa vareta branca — e isto era tão apavorante que Leila tinha certeza de que, se seu par não viesse e ela tivesse de escutar aquela maravilhosa música e observar os outros deslizando, planando pelo chão dourado, no mínimo morreria, ou desmaiaria, ou alçaria os braços e sairia voando por uma daquelas janelas escuras, que mostravam as estrelas.

— Acho que esta é a nossa — alguém se inclinou, sorriu, e lhe ofereceu o braço; ela não tinha que morrer, afinal. A mão de alguém lhe pressionou a cintura, e ela flutuou para longe, como uma flor sendo atirada num tanque.

— Chão muito bom, não é? — se arrastou uma voz fraca, próximo a seu ouvido.

— Acho que é lindamente liso — disse Leila.

— Como! — A voz fraca soou surpresa. Leila o repetiu. E houve uma pequena pausa até que a voz repetiu: — Oh, bastante! — e ela foi movida em círculos outra vez.

Ele a fez girar tão lindamente. Era essa a grande diferença entre dançar com homens e mulheres — concluiu Leila. As moças se esbarravam, e pisavam umas nos pés das outras; a menina que era o cavalheiro sempre a apertava tanto.

As azaleias já não eram flores separadas; eram bandeiras cor-de-rosa e brancas que passavam flutuantes.

— Você esteve no baile dos Bell, na semana passada? — chegou de novo a voz. O tom era de cansaço. Leila se perguntou se deveria lhe perguntar se ele gostaria de parar.

— Não, este é o meu primeiro baile — disse ela.

Seu par soltou uma risadinha ofegante. — Oh, que coisa — protestou.

— Sim, é realmente a minha primeira festa de dança. — Leila estava muito ardente. Era um tão grande alívio poder contar a alguém. — Sabe, vivi no interior minha vida toda até agora...

Naquele momento, a música parou, e eles foram se sentar em duas cadeiras de encontro à parede. Leila enfiou os pés de cetim rosa embaixo, e se abanou, enquanto, enlevada, observava os outros casais surgindo e desaparecendo pelas portas oscilatórias.

— Divertindo-se, Leila? — perguntou Jose, balançando sua cabeça dourada.

Laura passou e lhe deu uma mínima piscadela; fez Leila se perguntar por um momento se ela estava suficientemente crescida, afinal. Certamente seu par não falava muito. Ele tossia, retirava o lenço, puxava o colete, tirava um fiapo diminuto da manga. Mas não importava. Quase imediatamente a banda começou, e seu segundo par pareceu surgir do teto.

— O chão não é mau — disse a nova voz. Será que sempre se começava com o chão? E depois: — Você esteve no baile dos Neave na terça-feira? E de novo Leila explicou. Talvez fosse um pouco estranho que seus pares não mostrassem mais interesse. Pois era emocionante. Seu primeiro baile! Estava apenas no começo de tudo. Parecia-lhe que ela nunca soubera o que era a noite antes. Até então fora escura, silenciosa, muitas vezes linda — oh, sim — mas de algum modo pesarosa. Solene. E agora nunca mais seria assim — se iniciara deslumbrantemente iluminada.

— Gostaria de um sorvete? — perguntou o par. E eles atravessaram as portas oscilatórias, desceram o corredor até a sala de jantar. As maçãs de seu rosto ardiam, ela estava tremendamente sedenta. Como pareciam doces os sorvetes nos pequenos pratos de vidro, e como estava fria a colher gelada, também! E quando voltaram para o salão, o homem gordo esperava por ela perto da porta. Chocou-a novamente ver como ele era velho; deveria estar no palco, com os pais e mães. E quando Leila o comparou com os outros pares, lhe pareceu mal-vestido. Seu colete estava vincado, faltava um botão na sua luva, o casaco parecia empoeirado com pedra-sabão.

— Venha, senhorita — disse o homem gordo. Ele mal se preocupou em segurá-la, e eles se moveram tão suavemente que era mais como se andassem do que dançassem. Mas ele não disse uma palavra sobre o chão. — Seu primeiro baile, não é? — murmurou ele.

— *Como* você sabe?

— Ah — disse o homem gordo —, é isso o que é ser velho! — Ele ofegou levemente ao fazê-la contornar um casal desajeitado. — Vê, tenho feito este tipo de coisa pelos últimos trinta anos.

— Trinta anos? — exclamou Leila. Doze anos antes de ela nascer!

— Mal dá para imaginar, não é? — disse o homem gordo, soturno. Leila olhou sua calva, e sentiu pena dele.

— Acho que é maravilhoso que ainda continue — disse gentilmente.

— Gentil senhorita — disse o homem gordo, e ele a comprimiu um pouco mais, e cantarolou um compasso da valsa. — Claro — disse ele —, você não tem a menor chance de durar tanto tempo quanto eu. Nã-nã-não — disse o homem gordo —, muito antes disso você estará sentada lá em cima do palco, olhando, no seu belo vestido de veludo negro. E esses lindos braços terão se transformado naqueles braços curtos e gordos, e você marcará o compasso com um tipo diferente de leque — um leque negro de osso. — O homem gordo pareceu estremecer. — E você vai sorrir vagamente, como as pobres coitadas lá em cima, e apontar para sua filha, e contar para a senhora idosa mais próxima como algum homem terrível tentou beijá-la em seu primeiro baile no clube. E seu coração vai doer, doer — o homem gordo a apertou ainda, como se ele realmente tivesse pena daquele pobre coração — porque ninguém vai querer beijá-la então. E você dirá que esses chãos encerados são tão pouco confortáveis para se caminhar, como são perigosos. Não é, Mademoiselle Cintilapés? — disse o homem gordo suavemente.

Leila deu um risinho, mas ela não sentia vontade de rir. Era — poderia ser verdade? Soava terrivelmente verdadeiro. Era este primeiro baile apenas o começo do último baile, afinal? Neste momento, a música pareceu mudar; ficou triste, triste; elevou-se até um grande suspiro. Oh, como as coisas se transformam rápido! Por que a felicidade não durava para sempre? Porque sempre não era tempo demais.

— Quero parar — disse ela, numa voz arfante. O homem gordo a conduziu para a porta.

— Não — disse ela —, não vou sair. Não vou me sentar. Vou apenas ficar de pé aqui, obrigada. — Ela se apoiou na parede, marcando o compasso com o pé, puxando as luvas e tentando sorrir. Mas no fundo dela uma menininha arrancou um aventalzinho pela cabeça e soluçou. Por que ele estragara tudo?

— Eu lhe digo, sabe — disse o homem gordo —, não deve me levar a sério, senhorita.

— Como se eu o fizesse! — disse Leila, jogando a cabecinha morena para trás e mordendo seu lábio inferior...

De novo desfilaram os casais. As portas oscilatórias se abriram e fecharam. Agora nova música foi conduzida pelo maestro. Mas Leila não queria mais dançar. Queria estar em casa, ou sentada na varanda ouvindo aqueles filhotes de corujinhas. Quando olhou, pelas das janelas escuras, para as estrelas, elas tinham longos raios como asas...

Mas em breve começou uma suave, doce, arrebatadora música, e um jovem de cabelo encaracolado se curvou diante dela. Ela teria de dançar por gentileza, até poder encontrar Meg. Muito rigidamente, caminhou até o meio; muito arrogantemente, pôs a mão sobre sua manga. Mas num minuto, após uma volta, seus pés deslizavam e deslizavam. As luzes, as azaleias, os vestidos, os rostos rosados, as cadeiras de veludo, tudo se transformou numa linda roda voadora. E quando seu par seguinte a fez dar um encontrão no homem gordo e ele disse: "Perdão", ela lhe sorriu mais radiante do que nunca. E nem mesmo o reconheceu.

A aula de canto

Com desespero — um desespero frio, agudo — enterrado fundo no coração, como uma faca perversa, a srta. Meadows, de capuz e de jaleco e carregando uma batuta, atravessou os corredores frios que levavam ao salão de música. Meninas de todas as idades, coradas pelo ar, e exuberantes com aquela exaltação alegre de quem corre para a escola numa bela manhã de outono, se agitavam, saltavam, se alvoroçavam; das profundas salas de aula repercutia o rápido som de vozes; um sino tocou, uma voz gritou, como um pássaro: "Muriel." E então, veio da escada um tremendo toque-toque, toque-toque. Alguém deixara cair seus halteres.

A professora de ciências deteve a srta. Meadows.

— Bom-di-a — exclamou, na sua voz arrastada, doce e afetada. — Como está frio, não? Até poderia ser in-ver-no.

A srta. Meadows, como se empunhasse uma faca, fitou com ódio a professora de ciências. Tudo com relação a ela era doce, pálido, como mel. Você não se surpreenderia em ver uma abelha se embaraçar naquela massa emaranhada de cabelo amarelo.

— Está muito cortante — disse a srta. Meadows, sombria.

A outra sorriu com seu modo açucarado.

— Você parece ge-la-da — disse ela. Seus olhos azuis se arregalaram; neles irrompeu uma luz zombeteira. (Teria notado algo?)

— Oh, não está tão frio assim — disse a srta. Meadows, e ela retribuiu à professora de ciências, por seu sorriso, uma careta rápida, e prosseguiu no seu caminho...

As turmas quatro, cinco e seis estavam reunidas no salão de música. O barulho era ensurdecedor. Sobre a plataforma, de pé, perto do piano, estava Mary Beazley, a favorita da srta. Meadow, que acompanhava tocando. Estava girando a banqueta de música. Quando viu a srta. Meadows, fez uma advertência com um alto "Shsh, meninas!", e a srta. Meadows, tendo as mãos enfiadas dentro das mangas, a batuta debaixo do braço, percorreu a passagem central, subiu a escada, virou-se abruptamente, agarrou a estante de música de cobre, fincou-a diante de si, e deu duas batidas secas com a batuta, pedindo silêncio.

— Silêncio, por favor! Imediatamente! — e seu olhar, sem fixar em ninguém, varreu aquele mar de blusas de flanela coloridas, com agitados rostos e mãos róseos, trêmulos arcos de borboleta no cabelo e livros de música escancarados. Sabia perfeitamente o que elas estavam pensando. "A Meady está uma fera!" Bem, que o pensem! Suas pálpebras tremeram; atirou a cabeça para trás, desafiante. Que importavam os pensamentos dessas criaturas, para quem estava diante delas sangrando até a morte, de coração estraçalhado, até o fundo, com aquela carta...

... "Sinto com mais e mais convicção que nosso casamento seria um erro. Não que eu não a ame. Amo-a tanto quanto me é possível amar uma mulher, mas a verdade é que cheguei à conclusão de que não sou um homem que possa se casar, e a ideia de me estabelecer só me enche de...", e a palavra "aversão" estava riscada de leve e "pesar" fora escrita por cima.

Basil! A srta. Meadows marchou diretamente para o piano. E Mary Beazley, que aguardava este momento, se inclinou; os cachos caíram sobre as bochechas enquanto ela suspirava: "Bom dia, srta. Meadows", e ela antes deslocou do que entregou à sua professora um lindo crisântemo amarelo. Este pequeno ritual da flor era revivido há séculos, por bem um semestre e meio. Fazia parte da aula, tanto quanto abrir o piano. Mas nesta manhã, em vez de erguê-lo, em vez de enfiá-lo no seu cinto enquanto se debruçava para Mary e dizia: "Obrigada, Mary. Quanta amabilidade! Vire para a página trinta e dois", qual não foi o horror de Mary quando a srta. Meadows totalmente ignorou o crisântemo, não respondeu a seu cumprimento, mas disse numa voz gelada:

— Página quatorze, por favor, e capriche bem nas marcações do ritmo.

Momento surpreendente! Mary corou até surgirem lágrimas em seus olhos, mas a srta. Meadows retornara a sua estante de música; sua voz ressoou por todo o salão.

— Página quatorze. Começaremos na página quatorze. "Um Lamento". Agora, meninas, vocês já devem conhecer a música por essa altura. Vamos interpretá-la inteira; não em partes, mas inteira. E sem expressividade. Cantem-na, contudo, com bastante simplicidade, marcando o compasso com a mão esquerda.

Ela ergueu a batuta; e bateu na estante de música duas vezes. Mary atacou a primeira nota; baixaram todas aquelas mãos esquerdas, batendo no ar, e se harmonizaram todas aquelas jovens vozes pesarosas:

Célere! Ah, Célere Demais Fenecem as Ro-o-sas do Prazer;
 Em Breve o Outono Cede ao Lúgubre In-in-verno.
Fugaz! Ah, Fugaz o Alegre Compasso da Mú-ú-sica
 Desaparece do Ouvido Atento.

Bom Deus, o que poderia ser mais trágico do que aquele lamento! Cada nota era um suspiro, um soluço, um gemido de horrível lástima. A srta. Meadows ergueu os braços no amplo jaleco e se pôs a reger com ambas as mãos. "… Sinto com mais e mais convicção que nosso casamento seria um erro…" — marcava o compasso. E as vozes gritavam; *Fugaz! Ah, Fugaz.* O que poderia tê-lo possuído para escrever uma tal carta! O que poderia ter levado a isso! Veio do nada. A carta anterior fora toda sobre uma estante de carvalho escurecido que comprara para "nossos" livros, e uma "elegante chapeleirinha de saguão" que vira, "um trabalho muito esmerado, com uma coruja entalhada numa arandela, segurando nas garras três escovas para chapéu." Como sorrira disso! Tão típico do homem pensar que alguém precisaria de três escovas para chapéu! *Do Ouvido Atento* — cantavam as vozes.

— De novo! — disse a srta. Meadows. — Mas desta vez por partes. Ainda sem expressividade. — *Célere! Ah, Célere demais*. Com o acréscimo da melancolia dos contraltos, mal se poderia evitar estremecer. *Fenecem as Rosas do Prazer*. Da última vez que viera vê-la, Basil usara uma rosa na lapela. Que lindo ele estava naquele terno azul brilhante, com aquela rosa carmim! E ele também o sabia. Não poderia deixar de sabê-lo. Primeiro ele alisou o cabelo, depois o bigode; seus dentes brilharam quando ele sorriu.

— A esposa do diretor da escola continua me convidando para jantar. É um total aborrecimento. Nunca tenho uma noite inteira para mim naquele lugar.

— Mas você não pode recusar?

— Oh, bem, não dá certo para um homem em minha posição ser pouco popular.

O *Alegre Compasso da Música* — lamuriavam-se as vozes. Os chorões, lá fora, nas janelas altas e estreitas, balançavam-se ao vento. Haviam perdido metade das folhas. As pequenas, que não tinham ainda se soltado, se retorciam como peixes presos na linha. "...Não sou um homem que possa se casar..." — As vozes silenciaram; o piano esperou.

— Muito bom — disse a srta. Meadows, mas ainda num tom tão estranho e inflexível que as meninas mais jovens começaram a se sentir positivamente amedrontadas. — Mas agora que já a sabemos, vamos cantá-la com expressividade. O máximo de expressividade possível. Pensem nas palavras, meninas. Usem suas imaginações. *Célere! Ah, Célere demais* — gritava a srta. Meadows. — Isto tem de prorromper, um *forte* alto, intenso, um lamento. E depois, no segundo verso, *Lúgubre Inverno*, façam este *Lúgubre* soar como se um vento frio estivesse atravessando a música. *Lú-gu-bre!* — disse ela tão terrivelmente que Mary Beazley, na banqueta de música, retorceu a espinha. — O terceiro verso deveria ser num único crescendo. *Fugaz! Ah, Fugaz o Alegre Compasso da Música*. Quebrando a primeira palavra do último verso, *Desa-*, e depois, na segunda parte da palavra, *-parece*, vocês devem começar a diminuir... a desvanecer... até que *Do Ouvido Atento* não passe de um leve sussurro... Vocês podem diminuir o ritmo o quanto quiserem quase ao chegarem ao último verso. Agora, por favor.

De novo as duas batidas leves; tornou a erguer os braços. *Célere! Ah, Célere demais.* "... e a ideia de me estabelecer só me enche de aversão..." Aversão era o que ele tinha escrito. Isto equivalia a dizer que seu noivado estava definitivamente desmanchado. Desmanchado! Seu noivado! As pessoas tinham realmente ficado surpresas que ela tivesse se noivado. A professora de ciências não quis crê-lo, inicialmente. Mas ninguém ficara tão surpresa quanto ela mesma. Tinha trinta anos. Basil, vinte e cinco. Fora um milagre, simplesmente um milagre, ouvi-lo dizer, ao retornarem da igreja para casa, a pé, naquela noite muito escura: "Você sabe, de um modo ou de outro, gostei de você." E ele agarrara a extremidade da sua estola de pena de avestruz. *Desaparece do Ouvido Atento.*

— Repitam! Repitam! — disse a srta. Meadows. — Mais expressividade, meninas! Mais uma vez!

Célere! Ah, Célere demais. As meninas mais velhas estavam ruborizadas; algumas das mais jovens se puseram a chorar. Grandes gotas de chuva começaram a bater contra as vidraças, e se podia ouvir os chorões sussurrando: "... não que eu não a ame..."

"Mas, meu amor, se você me ama", pensou a srta. Meadows, "não me importa quanto. Ame-me tão pouco quanto quiser". Mas ela sabia que ele não a amava. Não o suficiente para ter se preocupado em riscar totalmente aquela palavra "aversão", a ponto de que ela não pudesse lê-la! *Em Breve o Outono cede ao Lúgubre Inverno.* Ela também teria de deixar a escola. Nunca poderia encarar a professora de ciências ou as meninas depois que tudo ficasse público. Precisaria desaparecer em algum lugar. *Desaparece.* As vozes começaram a esmorecer, a fenecer, a sussurrar... a se esvair...

Repentinamente a porta se abriu. Uma menininha de azul caminhou alvoroçada pela aleia, curvando a cabeça, mordendo os lábios e torcendo o bracelete no pulsinho vermelho. Subiu a escada e se pôs diante da srta. Meadows.

— Bem, o que é, Monica?

— Oh, por favor, srta. Meadows — disse a menininha, ofegante —, a srta. Wyatt quer vê-la na sala da diretoria.

— Muito bem — disse a srta. Meadows. E ela exclamou para as meninas: — Tenho certeza de que honrarão minha confiança em vocês e falarão baixo enquanto saio da sala. — Mas elas estavam desanimadas demais para fazerem outra coisa. A maioria delas assoava o nariz.

Os corredores estavam silenciosos e frios; os passos da srta. Meadows ecoavam. A diretora estava sentada a sua mesa. Por um momento não ergueu os olhos. Estava, como usualmente, desembaraçando seus óculos, que tinham se prendido em sua gravata de renda. — Sente-se, srta. Meadows — disse, com muita gentileza. E depois ergueu um envelope rosa de sobre um bloco de mata-borrão. — Mandei chamá-la agora mesmo porque este telegrama chegou para você.

— Um telegrama para mim, srta. Wyatt?

Basil! Ele se suicidara, resolveu a srta. Meadows. Sua mão disparou, mas a srta. Wyatt reteve o telegrama mais um momento. — Espero que não sejam más notícias — disse ela, pouco mais que amável. E a srta. Meadows o rasgou.

— "Ignore carta devo estar louco comprei a chapeleira hoje Basil" — ela leu. Não podia desviar os olhos do telegrama.

— Espero realmente que não seja nada sério — disse a srta. Wyatt, se inclinando.

— Oh, não, obrigada, srta. Wyatt — corou a srta. Meadows. — Não é nada de mal, absolutamente. É... — e ela deu um risinho apologético — é do meu *noivo* dizendo que... dizendo que... — Houve uma pausa.

— *Sei* — disse a srta. Wyatt. E outra pausa. Então — A senhorita tem mais quinze minutos de aula, srta. Meadows, não tem?

— Tenho, srta. Wyatt. — Ela se levantou. Quase correu em direção à porta.

— Oh, espere um minuto, srta. Meadows — disse a srta. Wyatt. — Devo lhe dizer que não aprovo minhas professoras receberem telegramas no horário escolar, exceto em caso de notícias muito ruins, tais como morte — explicou a srta. Wyatt —, ou um acidente muito sério, ou algo assim. As boas notícias sempre podem esperar, sabe, srta. Meadows.

Sobre as asas da esperança, do amor, da alegria, a srta. Meadows disparou de volta ao salão de música, pelo corredor, escada acima, até o piano.

— Página trinta e dois, Mary — disse ela —, página trinta e dois — e, segurando o crisântemo amarelo, suspendeu-o até os lábios, para esconder o sorriso. Então, voltou-se para as meninas, bateu a batuta: — Página trinta e dois, meninas. Página trinta e dois.

Chegamos aqui Hoje de Flores sobrecarregadas,
Com Cestas de Frutas e Fitas também,
Pa-aara Festejar...

— Parem! Parem! — exclamou a srta. Meadows. — Está horrível. Está pavoroso. — E ela sorria radiante para as meninas. — Que está havendo com vocês? Pensem, meninas, pensem no que estão cantando. Usem suas imaginações. *De Flores sobrecarregadas. Cestas de Frutas e Fitas também. E Festejar.* — A srta. Meadows se interrompeu. — Não sejam tão tristonhas, meninas. Precisa soar ardente, alegre, vivaz. *Congratular.* De novo. Rápido. Todas juntas. Agora, então!

E desta vez a voz da srta. Meadows soou acima de todas as outras — cheia, profunda, brilhando com expressividade.

O estranho

Pareceu à pequena multidão no desembarcadouro que ele nunca mais se moveria. Ali permanecia ele, descomunal, imóvel na água cinzenta encrespada, com uma mancha de fumaça em cima, um grande bando de gaivotas piando e mergulhando atrás dos restos de comida jogados da cozinha, na popa. Mas se distinguiam casaizinhos desfilando — mosquinhas caminhando para cima e para baixo na borda do prato sobre a toalha de mesa cinzenta amassada. Outras moscas se amontoavam e enxameavam, nas bordas. Ora surgia um brilho branco no convés inferior — o avental do cozinheiro ou talvez da camareira — ; ora uma diminuta aranha negra corria pela escada até a ponte.

À frente da multidão, um homem robusto de meia-idade, muito bem vestido, com muito conforto, num sobretudo cinzento, lenço de seda cinza, luvas grossas e um chapéu de feltro escuro, caminhava para cima e para baixo, girando o guarda-chuva fechado. Parecia liderar a pequena multidão no porto, e ao mesmo tempo mantê-la unida. Era algo entre o cão-pastor e o pastor.

Mas que tolo — que tolo ele fora por não ter trazido binóculos! Não havia um único par entre todos eles.

— Que coisa curiosa, sr. Scott, que nenhum de nós se lembrou de espelhos. Poderíamos ter sido capazes de atiçá-los um pouco. Poderíamos ter conseguido fazer alguns sinais. *Não hesitem em aportar. Nativos inofensivos.* Ou: *As boas-vindas o esperam. Tudo foi perdoado.* O quê? Hein?

O olhar rápido e ansioso do sr. Hammond, tão nervoso e contudo tão amistoso e confiante, abrangeu todos no porto, envolveu até mesmo aqueles velhos sujeitos que descansavam recostados aos passadiços. Eles sabiam, cada camarada sabia, que a sra. Hammond estava a bordo, e que ele estava tão tremendamente excitado que nunca lhe passou pela cabeça acreditar que este fato maravilhoso significava algo também para eles. Isso enchia seu coração de afeto por eles. Eles eram, resolveu ele, um grupo de pessoas tão decente quanto… — Aqueles velhos camaradas sobre os passadiços também — velhos, firmes e excelentes camaradas. Que peitos — por Jó! E ele esticou o próprio, mergulhou as mãos de luvas grossas nos bolsos, balançou-se do calcanhar aos artelhos.

— Sim, minha mulher esteve na Europa pelos últimos dez meses, visitando nossa filha mais velha, que se casou ano passado. Eu a trouxe aqui pessoalmente, até Crawford. Por isso, achei que deveria vir buscá-la. Sim, sim, sim. — Os olhos cinzentos, argutos perscrutaram ansiosos e rápidos o navio imóvel. De novo, desabotoou o casacão. Mais uma vez retirou o fino relógio, amarelo vivo, e pela vigésima — quinquagésima — centésima vez, refez os cálculos.

— Deixe-me ver, agora. Eram duas e quinze quando a lancha do médico partiu. Duas e quinze. Agora são exatamente quatro horas e vinte e oito minutos. Isto quer dizer que o doutor partiu há duas horas e treze minutos. Duas horas e treze minutos! Fiu! — Soltou um estranho meio-assovio e agarrou novamente o relógio. — Mas acho que teríamos sido avisados, se tivesse ocorrido alguma coisa — não acha, sr. Gaven?

— Oh, claro, sr. Hammond! Não creio que haja nada — nada com que se preocupar — disse o sr. Gaven, batendo o cachimbo na sola do sapato. — Ao mesmo tempo…

— Exatamente! Exatamente! — exclamou o sr. Hammond. — Tremendamente aborrecido! — Ele caminhou para cima e para baixo e retornou para seu lugar entre o sr. e a sra. Scott e o sr. Gaven. — Está escurecendo bastante, também — e ele sacudiu seu guarda-chuva fechado, como se a penumbra ao menos pudesse ter tido a decência de esperar um pouco mais. Mas a treva se aproximava lentamente, se espalhava como uma nódoa lenta sobre a água. A pequena Jean Scott puxava a mão da mãe.

— Quero tomar chá, mamãe! — choramingava.

— Imagino que sim — disse o sr. Hammond. — Imagino que todas essas damas queiram tomar chá. — E seu bondoso, exuberante, quase desdenhoso olhar abrangeu novamente a todos. Ele se perguntava se Janey estava bebendo sua última xícara de chá lá no salão. Esperava que sim; pensava que não. Era bem típico dela não sair do convés. Neste caso, talvez o camareiro do convés lhe levasse uma xícara até lá em cima. Se ele estivesse lá, ele a teria levado para ela — de algum modo. E por um momento estava no convés, de pé acima dela, observando sua mãozinha se dobrar em torno da xícara, da maneira que lhe era própria, enquanto bebia a única xícara de chá que havia a bordo... mas agora estava de volta ali, e só o Senhor sabia quando aquele maldito capitão pararia de se balançar no mar. Deu mais uma volta, para cima e para baixo, para cima e para baixo. Caminhou até o ponto de táxi para se certificar se seu motorista não havia desaparecido; se virou novamente para junto do pequeno bando amontoado ao abrigo dos engradados de bananas. A pequena Jean Scott ainda queria o seu chá. Pobre pidona! Gostaria que ainda tivesse consigo um pedaço de chocolate.

— Aqui, Jean! — disse ele. — Gostaria de ser levantada? — E, com facilidade e gentileza, balançou a menininha até um barril mais alto. O movimento de abraçá-la, firmá-la, aliviou-o maravilhosamente, sossegou seu coração.

— Espere um instante — disse ele, mantendo um braço ao seu redor.

— Oh, não se preocupe com *Jean*, sr. Hammond! — disse a sra. Scott.

— Não faz mal, sra. Scott. Nenhum problema. É um prazer. Jean é minha amiguinha, não é, Jean?

— Sou, sr. Hammond — disse Jean, e ela correu o dedo pelo fio do seu chapéu de feltro.

Mas, repentinamente, ela o agarrou pela orelha e soltou um grito alto.

— O-olhe, sr. Hammond! Ele está se movendo, ele está se aproximando!

Por Jó! Estava mesmo. Finalmente! Estava muito, muito lentamente fazendo a volta. Um apito soou longe por sobre a água e um grande jato de fumaça irrompeu no ar. As gaivotas se elevaram; se afastaram voando, como pedaços de papel branco. E se aquela profunda pancada provinha das máquinas ou do seu coração, o sr. Hammond não sabia dizer. Tinha de se dominar para suportá-lo, o que quer que fosse. Neste momento o velho capitão Johnson, mestre portuário, atravessou o embarcadouro com uma pasta debaixo do braço.

— Jean ficará bem — disse o sr. Scott. — Eu a segurarei. — Ele chegou bem a tempo. O sr. Hammond se esquecera dela. Ele se lançou de um salto para cumprimentar o velho capitão Johnson.

— Bem, capitão — a voz ansiosa, nervosa, ressoou de novo —, finalmente se penalizou de nós.

— Não adianta me culpar, sr. Hammond — resfolegou o velho capitão Johnson, observando o cruzeiro. — O senhor tem a sra. Hammond a bordo, não é?

— Sim, sim! — disse Hammond, e ele se manteve ao lado do mestre portuário. — A sra. Hammond está lá. Olá! Não vai demorar muito, agora!

Com o telefone tilintando, o rumor de sua tripulação enchendo o ar, o grande vapor rumou para eles, cortando a água escura em ângulo agudo, de modo que amplas fatias brancas se encapelavam de ambos os lados. Hammond e o mestre portuário se mantinham adiante dos demais. Hammond retirou o chapéu; esquadrinhava os conveses — estavam abarrotados de passageiros; ele acenava com o chapéu e berrava um alto, estranho "Alô-ô!" através da água, e depois se voltava e prorrompia em riso e dizia alguma coisa — nada — ao velho capitão Johnson.

—Viu-a? — perguntou o mestre portuário.

— Não, ainda não. Espere — espere um pouco! — E, repentinamente, entre dois grandes idiotas desastrados — Saiam da frente, aí! — ele fez sinal com seu guarda-chuva — ele viu u'a mão levantada — uma luva branca sacudindo um lenço, mais um momento e — graças a Deus, graças a Deus! — ali estava ela. Ali estava Janey. Ali estava a sra. Hammond, sim, sim, sim — de pé junto à amurada de ferro, sorrindo, acenando e sacudindo o lenço.

— Bem, esta é a primeira classe — primeira classe! Bem, bem, bem! — Ele positivamente bateu com o pé. Como um raio, ele retirou sua cigarreira e a ofereceu ao velho capitão Johnson. — Pegue um charuto, capitão! Eles são muito bons. Pegue dois! Aqui — e ele empurrou todos os charutos da caixa para o mestre portuário. — Tenho um par de caixas lá no hotel.

— 'Brigado, sr. Hammond! — chiou o velho capitão Johnson.

Hammond guardou a cigarreira. Suas mãos tremiam, mas ele conseguiu novamente se controlar. Já seria capaz de encarar Janey. Ali estava ela, encostada na amurada, falando com uma mulher e ao mesmo tempo o observando, pronta para ele. Impressionou-o, vendo se fechar o redemoinho de água, como ela parecia pequena naquele imenso navio. Seu coração se contorceu com um tal espasmo que poderia ter gritado. Como parecia tão pequena para ter feito uma tão longa viagem e voltado sozinha! Bem típico dela, contudo. Exatamente como Janey. Tinha a coragem de um... E agora a tripulação se adiantara e tinha separado os passageiros; tinham abaixado os corrimões para montar os passadiços.

As vozes em terra e as vozes a bordo voavam para se reunirem.

— Tudo bem?

— Tudo bem.

— Como está mamãe?

— Muito melhor.

— Alô, Jean!

— Alô, tia Emily!

— Teve uma boa viagem?

— Esplêndida!

— Não vai demorar muito agora!

— Não muito, agora.

As máquinas pararam. Lentamente ele encostou na lateral do embarcadouro.

— Abram caminho aí — abram caminho —, abram caminho! — E os portuários aproximaram os pesados passadiços, numa violenta corrida.

Hammond fez sinal para Janey ficar onde estava. O mestre portuário avançou; ele o seguiu. Quanto a "primeiro, as senhoras" ou qualquer baboseira dessas, isso nunca entrou em sua cabeça.

— Após o senhor, capitão! — gritou ele, cordialmente. E, caminhando atrás dos calcanhares do velho, subiu o passadiço até o convés, numa fileira de abelhas, até Janey, e a apertou nos braços.

— Bem, bem, bem! Sim, sim! Aqui estamos, finalmente! — gaguejou. Foi tudo que conseguiu dizer. E Janey emergiu, e sua vozinha fria — a única voz no mundo para ele — disse:

— Bem, querido! Você esperou muito tempo?

Não; não muito tempo. Ou, de qualquer modo, não importava. Acabara, agora. Mas o importante é que tinha um táxi esperando ao final do porto. Ela estava pronta para partir? Sua bagagem estava pronta? Neste caso, eles poderiam partir correndo com a bagagem de sua cabine e deixar o resto esperando até o dia seguinte. Ele se inclinou para ela e ela o olhou com o seu meio-sorriso familiar. Era exatamente a mesma. Nenhum dia mudada. Exatamente como sempre a conhecera. Ela pousou sua mãozinha na manga dele.

— Como estão as crianças, John? — perguntou ela.

(Enforquem as crianças!) — Maravilhosamente bem. Nunca estiveram melhor em suas vidas.

— Não me escreveram cartas?

— Sim, sim — claro! Deixei-as no hotel para que você as digerisse mais tarde.

— Não podemos ir assim tão rápido — disse ela. — Tenho pessoas a quem dizer adeus, e há também o capitão. — Com a decepção de seu rosto, ela deu um ligeiro aperto compreensivo no braço dele. — Se o capitão sair da ponte, quero que você lhe agradeça por ter cuidado de sua esposa tão maravilhosamente. — Bem, ele a tinha. Se ela quisesse mais dez minutos... Ao ceder, ela foi cercada. Toda a primeira classe parecia querer se despedir de Janey.

— Adeus, *querida* sra. Hammond! E da próxima vez que for a Sydney eu a *esperarei*.

— Querida sra. Hammond! Não vai se esquecer de me escrever, vai?

— Bem, sra. Hammond, o que teria sido este navio sem a senhora!

Era límpido como água que ela era, de longe, a mulher mais popular a bordo. E ela recebia aquilo tudo — exatamente como de hábito. Absolutamente serena. Apenas seu pequeno eu — apenas Janey por inteiro; de pé, ali, com seu véu puxado para o alto. Hammond nunca notara como sua mulher se vestia. Dava no mesmo para ele a roupa que ela usasse. Mas hoje notou realmente que ela vestia um "costume" preto — não é como o chamavam? — com babados brancos — debruns e acabamentos brancos, supunha que fosse isso, no pescoço e nas mangas. Durante todo o tempo Janey o apresentava à volta.

— John, querido! — E depois: — Quero apresentar-lhe...

Finalmente conseguiram escapar, e ela tomou a frente até a sua cabine de luxo. Seguir Janey pelo corredor que ela conhecia tão bem — e que era tão estranho para ele; abrir as cortinas verdes atrás dela e penetrar na cabine que fora dela lhe proporcionaram uma extrema felicidade. Mas — que coisa! — a camareira estava lá, no chão, enrolando os tapetes.

— Este é o último, sra. Hammond — disse a camareira, erguendo-se e repuxando os punhos.

Foi novamente apresentado, e então Janey e a camareira desapareceram no corredor. Ele ouviu sussurros. Ela estava resolvendo o assunto das gorjetas, supunha ele. Ele se sentou no sofá listrado e tirou o chapéu. A camareira levara consigo tapetes que pareciam novos. Toda a sua bagagem parecia fresca, perfeita. As etiquetas estavam escritas em sua linda letra nítida — "sra. John Hammond."

— Sra. John Hammond! — Ele deu um longo suspiro de contentamento e se reclinou, cruzando os braços. A extenuação passara. Sentiu que podia se sentar ali para sempre, suspirando seu alívio — o alívio de se ver livre daquele horrível baque, repuxão e aperto no coração. O perigo terminara. Era este o sentimento. Estavam de novo em terra firme.

Mas neste momento a cabeça de Janey apareceu na porta.

— Querido — você se importa? Só quero ir me despedir do médico. Hammond se sobressaltou. — Irei com você.

— Não, não! — ela disse. — Não se incomode. Prefiro não. Não vou demorar nem um minuto.

E antes que ele pudesse responder, ela se fora. Ele tinha meio minuto para correr atrás dela; mas em vez disso, voltou a se sentar.

Ela realmente não demoraria? Que horas seriam agora? De novo tirou o relógio; não olhou nada. Isto era bastante estranho de Janey, não era? Por que não podia ter dito à camareira que se despedisse por ela? Por que precisava correr atrás do médico do navio? Poderia ter enviado uma nota do hotel, mesmo que o assunto fosse urgente. Urgente? Será — será que isso significava que ela estivera doente durante a viagem — e que estava escondendo algo dele? Era isto! Agarrou o chapéu. Ia sair para encontrar aquele sujeito e arrancar dele a verdade a todo custo. Achava que havia notado algo. Ela estava só um pouquinho calma demais — estável demais. Desde o primeiro momento...

As cortinas retiniram. Janey estava de volta. Pôs-se de pé de um salto.

— Janey, você ficou doente durante essa viagem? Sim, você ficou!

— Doente? — Sua vozinha aérea zombava dele. Caminhou sobre os tapetes, se aproximou, tocou seu peito, e ergueu os olhos para ele.

— Querido — ela disse —, não me assuste. Claro que não! O que o faz pensar que estive? Pareço doente?

Mas Hammond não a via. Apenas sentia que ela estava olhando para ele e que não havia necessidade de se preocupar com nada. Ela estava ali para cuidar de tudo. Estava bem. Tudo estava.

A gentil pressão da mão dela era tão tranquilizante que ele pousou a sua sobre a dela para prendê-la ali. E ela disse:

— Fique quieto. Quero olhar para você. Ainda não o vi. Você aparou lindamente a sua barba, e você parece — mais jovem, acho, e sem dúvida mais magro! A vida de solteiro lhe faz bem.

— Me faz bem! — Ele gemia de amor e a apertou de novo de encontro a si. E de novo, como sempre, tinha o sentimento de que segurava algo que nunca foi exatamente seu — seu mesmo. Algo delicado, precioso demais, que partiria voando se ela deixasse.

— Pelo amor de Deus, vamos sair para o hotel, para ficarmos sozinhos! — E ele tocou forte a campainha para se providenciar logo a saída da bagagem.

★ ★ ★

Ao andarem juntos ao longo do desembarcadouro, ela segurava seu braço. Ele a sentia no braço novamente. E a diferença que fazia entrar na charrete após Janey — envolver a ambos com o cobertor listrado de vermelho e amarelo — dizer ao cocheiro que corresse, porque nenhum deles tivera chá. Não mais ficar sem o seu chá nem ter de se servir sozinho. Ela voltara. Ele se virou para ela, apertou sua mão, e disse gentilmente, na voz implicante "especial" que tinha para ela:

— Contente por estar de volta em casa, queridinha? — Ela sorriu; nem mesmo se importou em responder, mas gentilmente retirou a mão dele, enquanto alcançavam as ruas mais iluminadas.

— Temos o melhor quarto do hotel — disse ele. — Não me conformaria com outro. E pedi à arrumadeira que acendesse a lareira não muito forte, para o caso de você sentir frio. É uma garota gentil, atenciosa. E pensei que, já que estamos aqui, não nos importaríamos em voltar para casa amanhã, mas passaríamos o dia passeando por aí e partiríamos na manhã seguinte. Isso lhe convém? Não há pressa, há? As crianças logo a terão... Pensei que um dia de passeio seria um bom intervalo na sua viagem — hein, Janey?

— Você comprou os bilhetes para o dia seguinte? — perguntou ela.

— É claro que sim! — Ele desabotoou o casacão e retirou sua recheada carteira. — Aqui estamos! Reservei uma cabine de primeira classe para

Salisbury. Aí está — "sr. e sra. John Hammond". Pensei que poderíamos aproveitar a situação e ficar bem confortáveis, e não queremos outras pessoas se intrometendo, queremos? Mas se você quiser ficar aqui um pouco mais tempo...?

— Oh, não! — disse Janey rapidamente. — Nem por tudo no mundo! Depois de amanhã, então. E as crianças...

Mas eles tinham chegado ao hotel. O gerente estava de pé no vestíbulo amplo e brilhantemente iluminado. Desceu para cumprimentá-los. Um carregador correu do saguão para buscar suas caixas.

— Bem, sr. Arnold, aqui está finalmente a sra. Hammond!

O gerente os conduziu pessoalmente pelo saguão e apertou o botão do elevador. Hammond sabia que havia colegas de negócio sentados nas mesinhas do saguão tomando um drinque antes do jantar. Mas ele não arriscaria uma interrupção; não olhou nem para a direita nem para a esquerda. Poderiam pensar que eram agradáveis. Se não compreendessem, pior para eles — e saiu do elevador, destrancou a porta de seu quarto, conduzindo Janey ao interior. A porta se fechou. Agora, finalmente, estavam juntos sozinhos. Ele acendeu a luz. As cortinas estavam puxadas; o fogo ardia. Atirou o chapéu sobre a ampla cama e se dirigiu para ela.

Mas — inacreditável! — de novo foram interrompidos. Desta vez era o carregador com a bagagem. Fez duas viagens com esta, deixando a porta aberta no intervalo, agindo sem pressa e assoviando por entre os dentes no corredor. Hammond percorria o quarto de baixo para cima, arrancando as luvas e a echarpe. Finalmente atirou o sobretudo na beira da cama.

Finalmente o tolo se foi. A porta se trancou. Agora *estavam* sozinhos. Hammond disse: — Sinto que nunca a terei para mim de novo. Essas malditas pessoas! Janey — e ele dirigiu seu esgar intenso, ansioso para ela — vamos jantar aqui em cima. Se descermos para o restaurante, seremos interrompidos, e depois há a maldita música — (a música que elogiara tanto, aplaudira tão alto na noite passada!). — Não seremos capazes de nos escutar conversando. Vamos comer algo aqui em cima, em frente à lareira. Está tarde demais para o chá. Vou pedir um pequeno jantar, está bem? Que lhe parece esta ideia?

— Faça-o, querido! — disse Janey. — E enquanto você se afasta — as cartas das crianças…

— Oh, mais tarde você as lerá! — disse Hammond.

— Mas, assim, nós terminaríamos com isso — disse Janey. — E eu terei tempo para…

— Oh, não preciso descer! — explicou Hammond. — Apenas tocarei a campainha e farei o pedido… você não quer me mandar embora, quer?

Janey balançou negativamente a cabeça e sorriu.

— Mas você está pensando noutra coisa. Você está preocupada com algo — disse Hammond. — O que é? Venha se sentar aqui — venha se sentar no meu joelho diante do fogo.

— Só vou desprender meu chapéu — disse Janey, e se dirigiu à penteadeira. — Ah-ah! — Ela deu um gritinho.

— Que foi?

— Nada, querido. Acabo de encontrar as cartas das crianças. Está bem! Vão esperar. Não há pressa, agora! — Voltou-se para ele, abraçada a elas. Enfiou-as na sua blusa de babados. Ela exclamou rápido, alegremente: — Oh, como essa penteadeira é típica sua!

— Por quê? O que há com ela? — disse Hammond.

— Se estivesse flutuando na eternidade, eu diria "John!" — riu Janey, encarando a grande garrafa de tônico capilar, a garrafa de vime de água-de-colônia, as duas escovas de cabelo, e uma dúzia de novos colarinhos amarrados com fita rosa. — Esta é toda a sua bagagem?

— Pouco se me dá minha bagagem! — disse Hammond; mas ainda assim ele gostava que Janey risse dele. — Vamos conversar. Vamos ao que interessa. Diga-me… — e, enquanto Janey se encarapitava em seus joelhos, ele se reclinou e a mergulhou na cadeira funda e feia… — diga-me que você se sente realmente feliz por estar de volta, Janey.

— Sim, querido, estou feliz — ela disse.

Mas exatamente como quando ele a beijava e sentia que ela lhe escaparia voando, Hammond nunca soube — nunca soube mesmo ao certo se ela estava tão feliz quanto ele. Como poderia saber? Alguma vez saberia? Ele sempre teria essa ânsia — uma pontada, como da fome, para, de algum modo tornar Janey tão parte sua que nunca houvesse nada dela para escapar? Ele queria apagar a todos, a tudo. Agora desejava que tivesse apagado a luz. Isso poderia tê-la se aproximado mais. E agora aquelas cartas das crianças farfalhavam na sua blusa. Poderia tê-las lançado no fogo.

— Janey! — sussurrou.

— Sim, querido? — Ela estava reclinada em seu peito, mas tão leve, tão remota. A respiração deles se erguia e baixava, juntas.

— Janey!

— Que é?

— Vire-se para mim, — sussurrou. Um lento, profundo rubor subiu para a sua testa. — Beije-me, Janey! Beije-me você!

Pareceu-lhe que houve uma pequena pausa — mas longa o suficientemente para ele sofrer uma tortura — antes que os lábios dela tocassem os dele, firme, levemente — beijando-os como ela sempre os beijara, como se o beijo — como poderia descrevê-lo? — confirmasse o que estavam dizendo, selasse o contrato. Mas não era isso o que ele queria; não era de todo o que ansiava. Sentiu-se de repente horrivelmente cansado.

— Se você soubesse — disse ele, abrindo os olhos — o que foi esperar, hoje. Pensei que o navio nunca chegaria. Lá ficamos, para cima e para baixo. O que os reteve tanto?

Ela não respondeu. Estava olhando a distância, para o fogo. As chamas crepitavam — crepitavam sobre os carvões, chispavam, diminuíam.

— Não está dormindo, está? — disse Hammond, e ele a fez saltitar para cima e para baixo.

— Não — disse ela. E então: — Não faça isso, querido. Não, eu estava pensando. A propósito — disse ela —, um dos passageiros morreu na noite passada, um homem. Foi isso o que nos atrasou. Nós o trouxemos, quero dizer, ele não teve o funeral no mar. De modo, é claro, que o médico do navio e o médico de terra...

— O que foi? — perguntou Hammond, inquieto. Ele detestava ouvir falar em morte. Detestava que isso tivesse acontecido. Era, de algum estranho modo, como se ele e Janey tivessem esbarrado num enterro, a caminho do hotel.

— Oh, não era nada de modo algum infeccioso! — disse Janey. Ela mal falava mais alto do que sua respiração. — Foi o *coração*. — Uma pausa. — Pobre sujeito! — ela disse. — Muito jovem. — E ela observou o fogo brilhando e apagando. — Ele morreu nos meus braços — disse Janey.

O golpe foi tão repentino que Hammond pensou que iria desmaiar. Não podia se mover; não podia respirar. Sentiu toda a sua força despencando — despencando para a grande cadeira escura, e a grande cadeira escura o amparava, o apertava, o forçava a suportá-lo.

— O quê? — disse ele, inexpressivo. — O que você disse?

— O fim foi bastante tranquilo. — disse a vozinha. — Ele apenas — e Hammond a viu elevar a mão gentil — perdeu o alento da vida, no fim. — E sua mão despencou.

— Quem — mais estava lá? — Hammond conseguiu perguntar.

— Ninguém. Eu estava sozinha com ele.

Oh, meu Deus, o que ela estava dizendo! O que ela estava fazendo com ele! Isto o mataria! E por todo o tempo ela falou:

— Vi a alteração chegando e mandei o camareiro buscar o médico, mas o médico chegou tarde demais. Ele não poderia ter feito nada, de qualquer modo.

— Mas, por que *você*, por que *você*? — lamuriou-se Hammond.

Diante disso, Janey se voltou rápido, rápido procurou o seu rosto.

— Você não se *importa*, não é, John? — ela perguntou. — Você não... Não tem nada a ver comigo e com você.

De algum modo ele conseguiu forçar um sorriso na sua direção. De algum modo, ele gaguejou:

— Não, conti-nue..., continue! Quero que me conte.

— Mas John, querido...

— Diga-me, Janey!

— Não há nada para contar! — disse ela, espantada. — Ele era um dos passageiros da primeira classe. Vi que estava muito doente quando chegou a bordo... Mas ele parecia estar tão melhor até ontem. Teve um forte ataque à tarde — excitação — nervoso, acho, por causa da chegada. E depois disso, nunca se recuperou.

— Mas por que a camareira...

— Oh, meu querido — a camareira! — disse Janey. — Como ele teria se sentido? E além disso... ele poderia ter querido deixar uma mensagem... para...

— Não deixou? — murmurou Hammond — Não disse nada?

— Não, querido, nenhuma palavra! — Ela sacudiu suavemente a cabeça, na negativa. — Todo o tempo em que estive com ele, estava fraco demais... fraco demais até para mover um dedo...

Janey caiu em silêncio. Mas suas palavras, tão leves, tão macias, tão geladas, pareciam pairar no ar, chover no seu peito como neve.

O fogo estava em brasa. Agora diminuiu com um ruído seco e o quarto ficou mais frio. O frio percorreu seus braços. O quarto ficou mais amplo, imenso, brilhante. Enchia todo o seu mundo. Havia a grande cama grande, com sua coberta atirada atravessado como um homem insensato rezando. Havia a bagagem, pronta para ser carregada dali novamente, para qualquer lugar, atirada nos trens, empurrada para barcos.

... — "Ele estava fraco demais. Estava fraco demais para mover um dedo." — E, contudo, ele morreu nos braços de Janey. Ela, que nunca, nenhuma vez em todos esses anos, nunca, numa única ocasião solitária...

Não; ele não deveria pensar nisso. A loucura era ficar pensando nisso. Não, ele não ia encará-lo. Não poderia suportá-lo. Era demais para aguentar!

E agora Janey tocava na sua gravata com os dedos. Puxava as pontas da gravata, ajuntando-as.

—Você não está — triste pelo que eu lhe contei, John querido? Isso não o entristeceu? Não estragou nossa noite — nosso momento juntos, a sós?

Mas diante disso ele teve de esconder o seu rosto. Escondeu o rosto no peito dela e seus braços a envolveram.

Estragado sua noite! Estragado aquele momento juntos, a sós! Nunca mais ficariam juntos, a sós, novamente.

Feriado bancário

Um homem corpulento com um rosto avermelhado está vestido de calça branca de flanela suja, casaco azul com um lenço cor-de-rosa aparecendo e um chapéu de palha por demais pequeno para ele, encarapitado atrás da cabeça. Toca violão. Um sujeitinho de sapatos de lona, o rosto escondido sob um chapéu de feltro como uma asa quebrada, sopra uma flauta; e um indivíduo magro, com botas de abotoar que estouram, puxa as cordas — longas, retorcidas, flutuantes — de música de uma rabeca. Estão de pé, sem sorrir, mas não sérios, sob a ampla luz do sol do lado oposto ao da loja de frutas; a aranha rosa da mão toca o violão, a mãozinha quadrada, com um anel de cobre e turquesa, força a flauta relutante e o braço do rabequista tenta cortar a rabeca pelo meio.

Uma multidão se junta, comendo laranjas e bananas, arrancando as cascas, dividindo, compartilhando. Uma menininha tem até mesmo uma cesta de morangos, mas não os come. "Não são *lindos*!" Olha para as frutas pontiagudas como se lhes metessem medo. O soldado australiano ri. "Aqui, vamos, não resta mais que uma mancheia." Mas ele também não quer que ela os coma. Gosta de olhar seu rostinho assustado, e os olhos intrigados erguidos para ele; "Não são um *amor*!" Ele soergue o peito e abre um sorriso. Velhas gordas de corpetes de veludo como velhas almofadas de alfinetes empoeiradas; bruxas velhas e magras como sombrinhas, como um boné agitado no alto; jovens de musselina, com chapéus que poderiam ter crescido em cercas e sapatos de bico fino; homens de cáqui, marinheiros, funcionários mal-amanhados, jovens judeus vestidos de ternos de boa fazenda com ombreiras e calças largas, serventes de hospital de azul — o sol os revela — a música alta, ousada, os reúne em um grande nó, por um momento. Os jovens galhofam, se empurram para cima e para baixo da calçada, se driblando, se cutucando; os mais velhos conversam:

— E assim eu disse "pra" ele, se você quer o médico "pra" você, "vai pegar ele", eu disse.

— E aí, quando eles "acabou" de cozinhar, "num" havia mais do que um punhadinho de comida "pra" encher a mão!

Os únicos que estavam quietos eram as crianças esfarrapadas. Estavam de pé, tão próximas dos músicos quanto possível, as mãos atrás das costas, os olhos bem abertos. Ocasionalmente uma perna salta, um braço meneia. Uma criancinha titubeante, exausta, se vira duas vezes, se assenta solenemente e depois volta a se levantar.

— Não é lindo? — sussurra uma menininha, escondendo a boca com a mão.

E a música irrompe em peças vivas, e os reúne novamente, e de novo se interrompe, e esmorece, e a multidão se dispersa, caminhando lentamente morro acima.

Na esquina da rua começa o teatro.

— Cócegas! Duas moedas por cócegas! Vai comprar uma coçadeira? Façam cócegas, meninos. Vassourinhas macias com cabos de arame. São avidamente compradas pelos soldados.

— Compre uma boneca-bruxa! Dois tostões por uma boneca-bruxa!

— Compre um burro saltitante! Que está bem vivo!

— Chiclete *su*-superior. Comprem alguma coisa para fazer, meninos.

— Compre uma rosa. Dê uma rosa para ela, menino. Rosas, senhora?

— Penas! Penas! "É" irresistível! Penas transbordantes, adoráveis, verde esmeralda, escarlate, azul real, amarelo canário. Até os bebês usam penas costuradas em seus bonés.

E uma senhora idosa com um chapéu de papel de três pontas, grita, como se fosse seu último conselho de despedida, a única forma de se salvar ou de fazê-lo voltar a seu juízo:

— "Compra" um chapéu de três pontas, minha querida, e põe "ele" na cabeça!

É um dia inconstante, meio de sol, meio de vento. Quando o sol se esconde, uma sombra encobre tudo; quando ele sai novamente, tudo é luminoso. Homens e mulheres o sentem queimando suas costas, os peitos e os braços; sentem seus corpos se expandindo, revivendo... de modo que fazem amplos gestos de abraço, erguem os braços sem nenhum motivo, atiram-se sobre as moças, arrebentam de riso.

Limonada! Todo um tanque de limonada repousa sobre uma mesa, coberto por um tecido; e os limões, como peixes cegos, borbulham na água amarela. Parece sólida, como uma gelatina, nos copos grossos. Por que não conseguem bebê-la sem derramá-la? Todo mundo a derrama, e antes de devolver o copo as últimas gotas são atiradas em forma de anel.

Em torno da carrocinha de sorvete, com seu toldo listrado e tampa de cobre brilhante, se amontoam as crianças. Linguinhas lambem, lambem em redor das cornetas de creme, em torno dos quadrados. A cobertura se levanta, o pauzinho mergulha; a pessoa fecha os olhos para senti-lo, mastigando-o em silêncio.

— Deixem que esses passarinhos lhe digam o seu futuro! — Ela está de pé ao lado da gaiola, uma italiana encarquilhada sem idade definida, fechando e abrindo as garras escuras. Seu rosto, um tesouro de entalhe delicado, está amarrado numa echarpe verde e dourada. E dentro de sua prisão, os periquitos voam rumo aos papéis da sorte na bandeja de sementes.

—Você tem grande força de caráter. Vai se casar com um homem ruivo e ter três filhos. Cuidado com uma mulher loura. Cuidado! Cuidado! Um carro, dirigido por um motorista gordo desce correndo o morro. Dentro está a mulher loura, amuada, inclinada, e atravessa correndo a sua vida, cuidado! Cuidado!

— Senhoras e senhores, sou leiloeiro de profissão, e se o que lhes disser não for verdade, posso ter minha licença cassada e ser posto na prisão. — Segura a licença no meio do peito; o suor escorre pelo rosto no colarinho de papel; os olhos parecem vítreos. Quando ele retira o chapéu, há uma profunda ruga de carne zangada na sua testa. Ninguém compra um relógio.

Atenção, novamente! Uma enorme caleche balança morro abaixo com dois bebês muito velhos dentro. Ela segura um guarda-sol de renda; ele chupa o punho da bengala, e os gordos corpos velhos rolam juntos à medida que seu berço balança, e o cavalo esbaforido deixa uma trilha de esterco ao descer de esquipado o morro.

Sob uma árvore, o professor Leonard, de boné e jaleco, está de pé ao lado da bandeira. Está aqui "por um dia", vindo de Londres, Paris e da Exibição de Bruxelas, para ler o futuro no seu rosto. E permanece de pé, sorrindo encorajadoramente, como um dentista desajeitado. Quando os homens robustos, que um momento antes galhofavam e xingavam, entregam seus seis tostões e se põem de pé diante dele, ficam repentinamente sérios, mudos, tímidos, quase corando, enquanto a mão rápida do professor marca a carta da sorte. São como crianças pegas brincando num jardim proibido pelo proprietário, saindo detrás de uma árvore.

Chegam ao alto do morro. Como está quente! Como está bonito! O bar está aberto, e a multidão se comprime lá dentro. A mãe está sentada na ponta da calçada com seu bebê, e o pai lhe traz um copo da cerveja escura e marrom, depois força o caminho selvagemente de volta. Um odor acre de cerveja flutua da taverna, com um alto espalhafato e rumor de vozes.

O vento diminuiu, e o sol queima mais do que nunca. Do lado de fora das duas portas oscilatórias, há uma compacta massa de crianças como moscas na borda de uma jarra adocicada.

E alto, em cima do morro chegam as pessoas, com coçadeiras e bonecas-bruxas, rosas e penas. Alto, alto, elas avançam sob a luz e o calor, gritando, rindo, guinchando, como se fossem empurradas por algo, muito abaixo, e pelo sol, muito à frente delas — atraídas para a ampla, brilhante, ofuscante radiância até... o quê?

Uma família ideal

Naquela noite, pela primeira vez em sua vida, ao passar se apertando pela porta oscilatória e descer os três amplos degraus até a calçada, o velho sr. Neave sentiu que estava velho demais para a primavera. A primavera — morna, vivaz, inquieta — estava ali, esperando por ele na luz dourada, pronta, diante de todos, para correr para o alto, para estourar em sua barba branca, para arrastar docemente o seu braço. E ele não podia ir ao seu encontro, não; ele não podia novamente se empertigar e se afastar caminhando, garboso, como um jovem. Estava cansado e, embora o sol tardio ainda brilhasse, sentia-se curiosamente frio, com um sentimento de adormecimento em todo o corpo. Muito repentinamente lhe faltou a energia, lhe faltou o coração para continuar suportando esta alegria e movimento vivaz; confundiu-se. Queria estar quieto, queria afastá-lo com sua bengala e dizer: "Saiam!" E repentinamente se tornou um esforço terrível cumprimentar como usualmente — batendo no seu chapéu de aba larga com a bengala — todas as pessoas que conhecia, os amigos, conhecidos, lojistas, carteiros, motoristas. Mas o alegre olhar que acompanhava o gesto, o amável vislumbre que parecia dizer: "Estou muito acima de vocês", isto, o velho sr. Neave não conseguia fazer de jeito nenhum. Arrastava-se por ali, erguendo os joelhos tão alto como se estivesse andando pelo ar, que de algum modo se tornasse pesado e sólido como água. E a multidão que retornava para casa passava apressada, os bondes elétricos tiniam, as carroças leves estrepitavam, os grandes táxis balouçantes rolavam com aquela intrépida e desafiadora indiferença que se conhece apenas nos sonhos...

Fora um dia como os outros, no escritório. Nada de especial acontecera. Harold não retornara do almoço até perto das quatro. Onde estivera? O que fizera? Ele não deixava seu pai saber. O velho sr. Neave estava por acaso no vestíbulo, se despedindo de um cliente, quando Harold aparecera se saracoteando por ali, perfeitamente transformado, como de hábito, controlado, suave, sorrindo aquele meio-sorriso peculiar que as mulheres consideravam tão fascinante.

Ah, Harold era belo demais, excessivamente belo, mesmo; fora este, sempre, o problema. Nenhum homem tem o direito a tais olhos, tais pestanas e tais lábios; era estranho. Quanto a sua mãe, suas irmãs e os empregados, não seria demais afirmar que o consideravam um jovem deus; veneravam Harold, perdoavam-lhe tudo; e ele precisara de perdão desde a época em que tinha treze anos e roubara a bolsa da mãe, pegara o dinheiro e escondera a bolsa no quarto da cozinheira. O velho sr. Neave bateu severamente com a bengala na extremidade da calçada. Mas não era apenas a sua família que estragava Harold, refletia ele, eram todos; lhe bastava olhar e sorrir, e lá se prostravam todos diante dele. Assim, talvez não fossem de surpreender que ele esperasse que o escritório continuasse a tradição. Hum, hum! Mas isto não poderia acontecer. Nenhum negócio — nem mesmo uma empresa bem-sucedida, estabelecida, lucrativa — poderia ser assunto de brincadeira. Ou um homem punha nela todo o seu coração e alma, ou ela se despedaçava diante de seus olhos...

E então Charlotte e as meninas insistiam sempre para que ele passasse tudo para Harold, para que se aposentasse e se divertisse o tempo todo. Divertir-se! O velho sr. Neave se deteve, imóvel, sob um grupo de antigos palmiteiros nos jardins do prédio do Governo! Divertir-se! O vento da noite balançou as folhas escuras com um fino risinho de mofa. Sentado em casa, girando os polegares, consciente de que, enquanto sua vida de trabalho lhe escapava, se dissolvendo, desaparecendo por entre os belos dedos de Harold, enquanto Harold sorria...

— Por que o senhor é tão pouco razoável, pai? Não há absolutamente qualquer necessidade de o senhor ir ao escritório. Isto só torna muito embaraçoso para nós quando as pessoas insistem em dizer como o senhor parece cansado. Aqui tem esta imensa casa e o jardim. Certamente o senhor poderia ficar contente em… em apreciá-la, para variar. Ou poderia praticar algum hobby.

E Lola, o bebê, ecoava, enlevada:

— Todos os homens devem ter hobbies. A vida se torna impossível quando não se os têm.

Bem, bem! Não podia evitar um sorriso sombrio quando começava a subir penosamente o morro que levava à avenida Harcourt. Onde Lola, suas irmãs e Charlotte estariam se ele saísse para hobbies, é o que gostaria de saber? Hobbies não pagavam a casa na cidade e o bangalô à beira-mar, e os cavalos, o golfe, e o gramofone de sessenta guinéus na sala de música para poderem dançar. Não que ele lhes negasse essas coisas. Não, eram meninas espertas, de boa aparência, e Charlotte era uma mulher notável; era natural que seguissem a corrente. Aliás, nenhuma outra casa na cidade era tão popular quanto a deles; nenhuma outra família divertia tanto. E quantas vezes o velho sr. Neave, passando a caixa de charutos ao redor da mesa do fumador, ouvira elogios a sua esposa, suas filhas e até mesmo a si mesmo.

— Vocês são uma família ideal, senhor, uma família ideal. É como o que se lê sobre o assunto ou se vê no palco.

— Está bem, meu rapaz — responderia o velho sr. Neave. — Experimente um destes; acho que vai gostar. E se quiser fumar no jardim, ousaria dizer que encontrará as moças no gramado.

É por isso que as moças nunca se casaram, diziam as pessoas. Poderiam ter desposado qualquer um. Mas se divertiam tanto em casa. Eram felizes demais juntas, as meninas e Charlotte. Hum, hum! Bem, bem! Talvez assim…

Por esta altura ele caminhara ao longo de toda a elegante avenida Harcourt; alcançara a casa da esquina, a casa deles. Os portões de carruagem foram abertos; havia marcas recentes de rodas na alameda. E então ele se deparou com a grande casa pintada de branco, com suas janelas escancaradas, suas cortinas de tule flutuando para fora, suas jarras azuis de jacintos nos largos peitoris. De cada lado da entrada para carruagem, suas hortênsias — famosas na cidade — floresciam; as massas rosadas, azuladas de flores se dispunham como luzes por entre as folhas espraiantes. E, de alguma forma, pareceu ao velho sr. Neave que a casa e as flores e até mesmo as marcas recentes na alameda diziam: — Há vida jovem aqui. Há moças...

O saguão estava, como sempre, sombrio devido aos agasalhos, sombrinhas, luvas amontoadas sobre as arcas de carvalho. Da sala de música vinha o som do piano, rápido, alto e impaciente. Pela porta escancarada da sala de estar chegavam vozes flutuando.

— E havia sorvetes? — perguntou Charlotte. Depois o range-range de sua cadeira de balanço.

— Sorvetes! — exclamou Ethel. — Minha querida mãe, você nunca viu sorvetes iguais. De dois tipos, apenas. E um deles era de um tipo pequeno, comum de loja, de morango, numa casquinha totalmente ensopada.

— Toda a comida era horrível demais — disse Marion.

— Mas pensando bem, está cedo demais para sorvetes — disse Charlotte.

— Mas por que, se você vai se incomodar em servir sorvete, que pelo menos... — começou Ethel.

— Oh, é verdade, querida — sussurrou Charlotte.

Repentinamente a porta da sala de música se abriu e Lola se precipitou para fora. Deteve-se, quase gritando, ao ver o velho sr. Neave.

— Meu Deus, papai! Que susto você me deu! Você acabou de chegar em casa? Por que Charles não está aqui para o ajudar com o casacão?

Suas faces estavam rubras de tocar, os olhos brilhavam, o cabelo caía sobre a testa. E ela respirava como se tivesse corrido no escuro e estivesse assustada. O velho sr. Neave encarou sua filha mais jovem; sentiu que nunca a vira antes. Então esta era Lola, era? Mas ela parecia ter esquecido seu pai; não era a ele que esperava ver ali. Agora pusera a ponta de seu lenço de bolso amassado entre os dentes e o repuxava zangada. O telefone tocou. Ah-ah! Lola deu um grito como um soluço e disparou para longe do pai. A porta da sala do telefone bateu, e ao mesmo tempo Charlotte gritou: "É você, pai?"

— Você está cansado novamente — disse Charlotte, reprovadora, e deteve a cadeira de balanço, oferecendo-lhe seu rosto morno como uma ameixa. Ethel, de cabelos brilhantes, mordiscou sua barba; os lábios de Marion rasparam por sua orelha.

— Você voltou a pé para casa, pai? — perguntou Charlotte.

— Sim, voltei a pé — disse o velho sr. Neave, e se enterrou em uma das imensas cadeiras da sala de estar.

— Mas por que não pegou um táxi? — perguntou Ethel. — Há centenas deles por aí a esta hora.

— Minha querida Ethel — exclamou Marion —, se papai prefere se cansar, realmente não sei por qual motivo você tem de interferir.

— Meninas, meninas! — disse Charlotte, persuasiva.

Entretanto, não conseguiriam conter Marion.

— Não, mamãe, você estraga papai, e isto não está certo. Precisa ser mais rigorosa com ele. Ele é muito teimoso. — Ela riu do seu modo duro, brilhante e alisou o cabelo diante de um espelho. Estranho! Quando era criança, tinha uma voz tão suave, hesitante; era até mesmo gaga, e agora, não importa o que dissesse, mesmo que fosse "Geleia, por favor, papai", soava como se ela estivesse no palco.

— Harold saiu do escritório antes de você, querido? — Charlotte perguntou, recomeçando a se balançar.

— Não estou certo — disse o velho sr. Neave. — Não o vi após as quatro horas.

— Ele disse... — começou Charlotte.

Mas neste momento, Ethel, que estava virando as folhas de alguns jornais, correu até sua mãe e se abaixou ao lado da sua cadeira.

— Aí está, vê — ela exclamou. — É isto que eu queria dizer, mamãe. Amarelo, com toques de prata. Você não concorda?

— Dê-me, amor — disse Charlotte. Apalpou, procurando seus óculos de tartaruga e os colocou, dando uma pancadinha na página com seus dedinhos gordos e franzindo os lábios. — Muito bonito! — murmurou vagamente; olhou para Ethel sobre os óculos. — Mas eu não incluiria o babado.

— Não incluir o babado! — lamentou-se Ethel tragicamente. — Mas o babado é o principal.

— Aqui, mamãe, deixe-me decidir. — Marion agarrou jocosamente o jornal de Charlotte. — Concordo com mamãe — exclamou triunfal. — O babado o sobrecarrega.

O velho sr. Neave, esquecido, afundou no amplo regaço da sua poltrona, e, cochilando, as ouviu como se estivesse dormindo. Não havia a menor dúvida, ele estava cansado; tinha perdido o vigor. Mesmo Charlotte e as meninas eram demais para ele esta noite. Elas eram excessivamente... excessivamente... Mas tudo que sua mente entorpecida podia pensar era — excessivamente *exuberantes* para ele. E em algum lugar no fundo de tudo ele observava um homenzinho idoso enrugado subindo intermináveis lances de escadas. Quem era ele?

— Não vou me vestir esta noite — murmurou ele.

— O que está dizendo, papai?

— Eh, o quê, o quê? — O velho sr. Neave acordou com um sobressalto e olhou para todos. — Não vou me vestir hoje à noite — repetiu.

— Mas, papai, temos Lucile que vem, e Henry Davenport e a sra. Teddie Walker.

— Vai parecer *tão* pouco apropriado.

— Você não está se sentindo bem, querido?

— Não precisa fazer qualquer esforço. Para que *serve* Charles?

— Mas se você realmente não sente vontade — hesitou Charlotte.

— Muito bem! Muito bem! — O velho sr. Neave se levantou e foi se juntar àquele sujeitinho velho que subia até o quarto de vestir...

Lá o esperava o jovem Charles. Cuidadosamente, como se tudo dependesse disso, estava cobrindo o cano de água quente com uma toalha.

O jovem Charles fora seu favorito desde que, ainda um menininho de rosto vermelho, chegara na casa para cuidar das lareiras. O velho sr. Neave se abaixou para o sofá de vime perto da janela, esticou as pernas, e soltou sua piadinha da noite:

—Vista-o, Charles! — E Charles, respirando fortemente e franzindo o cenho, se curvou para tirar o alfinete de sua gravata.

Hum, hum! Bem, bem! Estava agradável perto da janela aberta, muito agradável — uma noite bela e suave. Cortavam a grama da quadra de tênis, embaixo; ouvia o suave chiado do cortador. Logo as meninas recomeçariam seus encontros de tênis. E com este pensamento, lhe pareceu ouvir a voz de Marion ecoando: "Muito bem, parceiro... Oh, *muito bem jogado*, parceiro... Oh, *muito bem* mesmo." Então Charlotte gritou da varanda: "Onde está Harold?" E Ethel: "Não há dúvida de que aqui ele não está, mamãe." E Charlotte dizendo, vaga: "Ele disse..."

O velho sr. Neave suspirou, se levantou e, pondo uma das mãos sob a barba, tirou o pente do jovem Charles e, meticulosamente, penteou a barba branca. Charles entregou-lhe um lenço dobrado, o relógio, os selos e a caixa de óculos.

—Assim está bem, meu rapaz. — A porta bateu, ele se recostou, estava sozinho...

E agora aquele velho sujeito estava descendo intermináveis lances de escada que levavam a uma brilhante e alegre sala de jantar. Que pernas tinha ele! Eram como as de uma aranha — finas, murchas.

—Vocês são uma família ideal, senhor, uma família ideal.

Mas se isso fosse verdade, por que Charlotte ou as meninas não o detinham? Por que estava sozinho, subindo e descendo? Onde estava Harold? Ah, não valia a pena esperar nada de Harold. Descendo, descendo, a pequena aranha velha foi, e então, para seu horror, o velho sr. Neave o viu deslizar para além da sala de jantar e se encaminhar para a varanda, a alameda escura, os portões da carruagem, o escritório. Parem-no, parem-no, alguém!

O velho sr. Neave se sobressaltou. Estava escuro no seu quarto de vestir; a janela brilhava palidamente. Quanto tempo ficara adormecido? Ele escutava, e através da grande, arejada, escurecida casa flutuavam vozes distantes, sons distantes. Talvez, pensou vagamente, tenha estado adormecido por muito tempo. Fora esquecido. O que tudo aquilo tinha a ver com ele — esta casa e Charlotte, as meninas e Harold — o que sabia ele sobre eles? Eram-lhe estranhos. A vida passara por ele. Charlotte não era sua mulher. Sua mulher!

...Uma varanda escura, semi-escondida por uma trepadeira de maracujá, que despencava triste, lastimosa, como se compreendesse. Braços pequenos e mornos circundavam seu pescoço. Um rosto, pequeno e pálido, se ergueu para ele, e uma voz suspirou: "Adeus, meu tesouro."

Meu tesouro! — Adeus, meu tesouro! — Quem deles falara? Por que disseram adeus? Tinha havido algum terrível engano. *Ela* era sua esposa, aquela mocinha pálida, e todo o resto da sua vida fora um sonho.

Então a porta se abriu, e o jovem Charles, de pé à luz, pôs as mãos na cintura e gritou como um jovem soldado:

— O jantar está servido, senhor!

— Já vou indo, já vou indo — disse o velho sr. Neave.

A empregada de madame

Onze horas. Batem na porta...

Espero que não a tenha perturbado, madame. A senhora não estava dormindo, estava? Mas acabei de dar o chá para minha patroa, e sobrou uma xícara tão gostosa, que pensei, talvez...

...Não, absolutamente, madame. Sempre preparo uma xícara de chá no final. Ela bebe na cama após suas rezas, para se aquecer. Ponho a chaleira no fogo quando ela se ajoelha e digo para ela: "Agora não precisa rezar depressa demais." Mas sempre ferve antes que minha patroa chegue nem à metade. Sabe, madame, conhecemos tantas pessoas, e todas precisam de preces — todas. Minha patroa mantém uma lista de nomes num livrinho vermelho. Oh, Deus! sempre que alguém vem nos ver e minha patroa diz em seguida: "Ellen, me dê meu livrinho vermelho", me dá muita raiva, muita mesmo. "Lá vem outra", eu penso, "para mantê-la fora da cama em todos os climas." E ela não usa almofada, sabe, madame; se ajoelha no tapete duro. Aflige-me horrivelmente vê-la assim, conhecendo-a como eu a conheço. Tentei enganá-la; espalhei no chão o edredom. Mas na primeira vez em que o fiz — oh, ela me lançou um tal olhar — sagrado, é o que era, madame. "Tinha Nosso Senhor um edredom, Ellen?", perguntou ela. Mas — eu era mais moça naquele tempo — senti vontade de dizer: "Não, mas Nosso Senhor não tinha a sua idade, e não sabia o que é ter o seu lumbago." — Maldoso — não é? Mas ela é boa *demais*, sabe, madame. Quando terminei de a cobrir e vi — a vi deitada, as mãos para fora e a cabeça no travesseiro — tão bonitinha — não pude deixar de pensar: "Agora você parece exatamente como sua querida mãe quando eu a deitava!"

...Sim, madame, eu fazia tudo. Oh, parecia tão suave. Eu penteava seu cabelo, suave, em volta da testa, em graciosas madeixas, e só de um lado de seu pescoço eu punha um ramo dos mais lindos amores-perfeitos púrpuras. Estes amores-perfeitos a tornavam um quadro, madame! Nunca os esquecerei. Hoje à noite pensei, quando olhei para minha patroa: "Bem, se não fosse pelos amores-perfeitos, não se poderia ver a diferença."

...Apenas no ano passado, madame. Só depois que ela ficou um pouco — bem — fraca, como se pode dizer. Claro, ela nunca foi perigosa; era a velhinha mais doce. Mas o que lhe ocorreu foi que — ela pensou que tivesse perdido algo. Não podia ficar quieta, não podia parar. Por todo o dia andava para cima e para baixo, para cima e para baixo; você a encontrava em toda parte — na escada, na varanda, indo para a cozinha. E ela olhava para você e dizia — igualzinho a uma criança: "Eu perdi, eu o perdi." "Venha", eu dizia, "venha, e eu vou arrumar uma paciência para a senhora." Mas ela me tomaria pela mão — eu era a favorita dela — e sussurrava: "Encontre-o para mim, Ellen. Encontre-o para mim." Triste, não é?

...Não, ela nunca se recuperou, madame. Teve um ataque, no final. As últimas palavras que disse foram, muito lentas: "Olhe no... Olhe no...", e aí se foi.

...Não, madame, não sei dizer se o notei. Talvez algumas moças. Mas a senhora vê, é assim, não tenho nada além de minha patroa. Minha mãe morreu de tísica quando eu tinha quatro anos, e vivi com meu avô, que tinha um cabeleireiro. Eu costumava passar todo o tempo na loja debaixo da mesa penteando o cabelo de minha boneca — copiando as ajudantes, imagino. Eram tão bondosas comigo. Costumavam me preparar peruquinhas de todas as cores, da última moda e tudo o mais. E lá eu me sentava o dia todo, quieta como o silêncio — as clientes nunca sabiam. Só de vez em quando eu dava uma espiada debaixo da toalha da mesa.

...Mas um dia consegui arranjar umas tesouras e — a senhora pode acreditar, madame? — cortei todo o meu cabelo; picotei-o todo, como a macaquinha que era. Vovô ficou *furioso!* Ele agarrou o ferro de encaracolar cabelo — nunca o esquecerei — me agarrou pela mão e fechou meus dedos dentro dele. "Isto lhe ensinará!", ele disse. Foi uma queimadura horrível. Tenho a marca até hoje.

...Bem, a senhora vê, madame, ele tinha tanto orgulho do meu cabelo. Costumava me sentar no balcão, antes de chegarem as clientes, e penteá--lo de um modo bonito — cachos grandes, macios e ondulado no alto. Lembro-me das ajudantes sentadas em volta, e eu tão solene com o tostão que vovô me dava para segurar enquanto me penteava... Mas ele sempre retomava o tostão, ao terminar. Pobre vovô! Furioso, ele ficou, com o monstro que eu tinha feito de mim! Mas daquela vez ele me assustou. Sabe o que eu fiz, madame? Eu fugi. Sim, fugi, pelas esquinas, entrando e saindo, nem sei até onde eu fui. Oh, Deus, devo ter parecido uma coisa, com a mão enrolada no avental e meu cabelo espetado. As pessoas devem ter rido quando me viam...

...Não, madame, vovô nunca superou aquilo. Nunca mais pôde me olhar depois daquilo. Nem mesmo conseguia jantar, se eu estivesse ali. Assim, minha tia me levou. Era uma aleijada, estofadora. Pequena! Tinha de ficar de pé sobre os sofás quando precisava cortar os assentos, atrás. E foi quando eu era sua ajudante que conheci minha patroa...

...Não tanto, madame. Eu tinha treze anos, recém-feitos. E não me lembro de alguma vez ter me sentido — bem — uma criança, como se pode dizer. Sabe, havia o uniforme, uma coisa e outra. Minha patroa me vestiu de colarinho e punhos desde o primeiro momento. Oh, sim, — uma vez eu o fiz! Isto foi — engraçado! Foi assim. As duas pequenas sobrinhas tinham ficado com a minha patroa — estávamos em Sheldon, desta vez — e havia uma feira na praça.

"Agora, Ellen", disse ela, "quero que você leve estas duas jovens para uma volta nos burros." E lá fomos nós; solenes como amorzinhos elas eram; uma em cada mão. Mas quando chegamos perto dos burros, eram tímidas demais para continuar. Assim, em vez disso, ficamos de pé e observamos. Que lindos eram aqueles burros! Eram os primeiros que eu via desatrelados de uma carroça — para diversão, como se diz. Eram de um adorável cinza prateado, arreados com selinhas vermelhas e rédeas azuis e sinos tinindo nas orelhas. E meninas bem grandes — mais velhas do que eu, mesmo — cavalgavam neles, tão alegres. Não era de todo vulgar, madame, só se divertiam. E não sei o que foi, mas o modo como os pezinhos iam, e os olhos — tão gentis — e as orelhas suaves — me fizeram querer subir num burro mais do que tudo o mais no mundo!

...Claro, eu não podia. Eu tinha minhas senhorinhas. E como seria minha aparência, encarapitada ali de uniforme? Mas pelo resto do dia foram burros — burros no meu cérebro. Senti que explodiria se não contasse a alguém; e para quem eu poderia contar? Mas quando fui me deitar — eu dormia no quarto da sra. James, que era nossa cozinheira, na época — logo que as luzes se apagaram, ali estavam eles, meus burros, balançando-se, com suas limpas patas e olhos tristes... Bem, madame, a senhora pode acreditar, esperei um longo tempo e fingi dormir, e então, repentinamente, me sentei e gritei o mais alto que pude: *"Quero andar de burro. Quero um passeio de burro!"* A senhora vê, eu tinha de o dizer, e pensei que eles não ririam de mim se soubessem que eu estava apenas sonhando. Astuto — não era? O que uma menininha boba pensa...

...Não, madame, nunca agora. Claro, pensei nisso uma vez. Mas não tinha que ser. Ele tinha uma lojinha de flores pouco abaixo da rua e do lado oposto de onde morávamos. Engraçado — não é? E eu gostando tanto de flores. Tínhamos muitas visitas nesta época, e eu só entrava e saía da loja o tempo todo, como se diz. E Harry e eu (seu nome era Harry) começamos a discutir como as coisas tinham de ser arrumadas — e foi assim que tudo começou. Flores! era difícil de acreditar, madame, as flores que ele me trazia. Parava sem nenhum motivo. Eram lírios do vale, mais de uma vez, e não estou exagerando! Bem, claro, nós íamos nos casar e viver da loja, e tudo ia ser exatamente assim, e eu teria de arrumar a vitrine... Oh, como arrumei a vitrine num sábado! Não na realidade, madame, só sonhando, como se diz. Arrumei-a para o Natal — enfeitando o nome da loja com azevinho — e eu recebi meus lírios da Páscoa com uma esplendorosa estrela cheia de narcisos no meio. Dependurei — bem, já basta disso. Chegou o dia em que ele deveria me chamar para escolher a mobília. Poderei esquecê-lo? Era uma terça-feira. Minha patroa não estava muito controlada naquela tarde. Não que ela dissesse nada, claro; nunca disse nem dirá. Mas eu sabia pelo modo em que ficou se agasalhando e me perguntando se estava frio — e seu narizinho parecia... afilado. Eu não gostava de deixá-la; eu sabia que ficaria preocupada o tempo todo. Finalmente eu lhe perguntei se ela preferia que eu o adiasse. "Oh, não, Ellen", ela disse, "você não deve se incomodar comigo. Não deve desapontar o seu jovem." E tão alegre, sabe, madame, nunca pensava em si. Isso me fez sentir pior do que nunca. Comecei a me perguntar... então ela deixou cair o seu lenço e começou a se inclinar para pegá-lo sozinha — uma coisa que nunca fizera. "O que está fazendo!", gritei, correndo para detê-la. "Bem", ela disse, sorrindo, sabe, madame, "eu tenho que começar a treinar." Oh, foi tudo o que pude fazer para não cair no choro. Fui até a penteadeira e fingi tirar brilho da prata, e não pude continuar ali, e lhe perguntei se ela preferia que eu... não me casasse. "Não, Ellen", ela disse — era sua voz, madame, como estou lhe mostrando... "Não, Ellen, nem pelo *mundo inteiro*!" Mas enquanto o dizia, madame — eu estava olhando no seu espelho; claro, ela não sabia que eu podia vê-la —, ela pousou a mãozinha no coração, como sua querida mãe costumava, e ergueu os olhos... Oh, *madame*!

Quando Harry chegou, eu tinha suas cartas prontas, e o anel e o brochinho engraçadinho que ele me dera — um passarinho de prata, sabe, com uma corrente no bico, e na ponta da corrente um coração com uma adaga. Muito especial! Eu abri a porta para ele. Não lhe dei tempo para uma única palavra. "Aí está você", eu disse. "Leve-os", eu disse, "acabou tudo. Não vou me casar com você", eu disse, "não posso deixar minha patroa." Branco! Ele ficou branco como uma mulher. Tive de bater a porta, e lá fiquei, toda trêmula, até ver que ele tinha ido embora. Quando abri a porta — acredite ou não, madame — aquele homem *se fora*! Corri pela rua vestida como estava, com meu avental e meus sapatos de casa, e lá fiquei no meio da rua olhando. As pessoas devem ter rido quando me viram...

...Bom Deus! — Que é isso? É o relógio batendo as horas! E eu a fiz ficar acordada. Oh, madame, deveria ter me detido. Posso ajeitar os seus pés? Eu sempre ajeito os pés da minha patroa, toda noite, igualzinho. E ela diz: "Boa noite, Ellen. Durma bem e acorde cedo!" Não sei o que faria se ela não dissesse isso, agora.

...Oh, Deus, às vezes penso... o que eu faria se alguma coisa fosse... Mas, veja, pensar não ajuda ninguém — ajuda, madame? Pensar não ajuda. Não que eu pense muito. E se alguma vez eu penso, eu logo me domino: "Agora, então, Ellen. Pensando de novo — sua moça boba! Não pode achar nada melhor do que começar a pensar!..."

Conheça os títulos da Biblioteca Áurea

A bíblia da humanidade — Michelet
A Casa Soturna — Charles Dickens
A festa ao ar livre e outras histórias — Katherine Mansfield
A interpretação dos sonhos — Sigmund Freud
A velhice — Simone de Beauvoir
As confissões — Jean-Jacques Rousseau
Código dos homens honestos — Honoré de Balzac
Iniciação à Estética — Ariano Suassuna
Jane Eyre — Charlotte Brontë
Notas autobiográficas — Albert Einstein
O abismo — Charles Dickens e Wilkie Collins
O homem sem qualidades — Robert Musil
O jovem Törless — Robert Musil
O tempo, esse grande escultor — Marguerite Yourcenar
O último dos moicanos — James Fenimore Cooper
O vermelho e o negro — Stendhal
Os três mosqueteiros — Alexandre Dumas
Todos os homens são mortais — Simone de Beauvoir
Um amor — Dino Buzzati
Um teto todo seu — Virginia Woolf

Direção editorial
Daniele Cajueiro

Editora responsável
Ana Carla Sousa

Produção editorial
Adriana Torres
Mariana Bard
Laiane Flores

Revisão
Perla Serafim
Mariana Gonçalves

Capa
Rafael Nobre

Diagramação
Futura

Este livro foi impresso em 2020 para a Editora Nova Fronteira.